おふくろの品格

大切なのは
謙虚さであり、
誠実さであり、
真摯であること

奥井栄一

幻冬舎 MC

おふくろの品格

大切なのは謙虚さであり、誠実さであり、真摯であること

はじめに

私は、昔通りの慣習でいえば数えで古稀を迎えた年に、母紀美子を見送ることになった。

衰えゆく記憶力を感じ、頼りない我が記憶を忘れないうちに書き留めたいと思い、本の出版を思い立ち、身の程知らずと知りながら、幻冬舎ルネッサンス新社編集部の門を叩いた。応対に出ていただいたのは、山名克弥社長。身が震えたが、「おふくろのことを本として残したい」という素直な気持ちを伝えると、「奥井さん、お母さんの一人暮らしのマンションを拝見させてください」と提案があった。「おふくろが住んでいたのは仙台ですよ。多忙な社長がいつ来てくださるのですか?」と、現実味のない提案に半ば呆れて質問しましたが、「私は週末には予定を入れない主義で、今週末の土曜日はいかがですか?」と逆に提案された。出版の可否を相談しに言ったつもりが、すっ飛んで出版準備作業に入ることになったのである。

かくして、幸いにも「素敵なお母さんだったわね」とおっしゃってくださる多くの方々に背中を押されるように、一人の母親が歩んだ一世紀に近い九十二年の人生を、一人の「バカ息子」が振りかえるのも良いのではと思い、皆様への感謝の気持ちを込めて筆を執った。親父を若くして亡くし、途方に暮れていた母子家庭に温かい手を差し伸べてくださった方々への恩返しの機会にもなるのではとの思いもある。また、孫を育てている娘がきりきり舞いをする姿を見て、若い母親へ、微笑ましいエピソードを添えて、おふくろの人生から何かを学び取ってほしいという思いも込めたつもりだ。

目次

第一章

生い立ち

軍人の父と高貴な母から生まれて

母の年齢はいつも簡単に思い出せる。母は大正十四（一九二五）年一月三日生まれ。従って、昭和の年号が母の年齢になる。ちなみに祖母の周《ちか》は明治三十三（一九〇〇年）生まれで、西暦の下二桁が祖母の年齢になる。この二つの数字が私の「おふくろ」と「おばあちゃん」の年齢を思い出す基本となり、大変重宝した。

祖母の周は、戸籍にある名前であるが、私の記憶では「周子《ちかこ》」を名乗っていたような気がする。気品のあるおばあちゃんだった。箏を弾き、趣味は「日本画」、「ろうけつ染」。和服を着こなして高貴な雰囲気を醸し出す人。しぐさにも気を配り、孫娘の立ち居振る舞いに気が付くと躾をしていた。

祖父は原鼎三《ていぞう》、難しい字である。「鼎談」という言葉を聞いたことがあるので、辛うじて馴染みが持てた。

第二次世界大戦時、アンダマン諸島の海軍第十二特別根拠地隊司令官だった原鼎三中将は、艦長を務める艦の観閲式の際、家族が招待され赤い絨毯が敷かれ両側に乗組員が敬礼する中を歩いた様をなつかしげに話してくれた。

祖母から祖父の名前の講義を受けたことがある。「鼎」とは「かなえ」と読み、三つの足のある祭りに用いる器、王を補佐する三人の高官という意味があるそうだ。海軍の軍人で、艦長も務めた人であり、艦隊勤務で家を空けることが多かったようである。船から上陸して、帰宅すると先ず、障子の桟を指でさっとさすり、「掃除不十分」と言ったとか。祖父が帰宅するときは、祖母は緊張したという。

おふくろが大切にしていて、私の妹に「これはしっかりあなたが保管してください」と遺言した日記がある。「昭和九（一九三四）年　欧州出張日記」その年にリスボン（ポルトガル）で開催される国際無線逓信諮問委員会に参列した際の日記である。

昭和九（一九三四）年　欧州出張日記

六月二十日　戦艦　八雲　副長の任を解く
六月二十七日　八雲　退艦　海軍省　赴任
七月　二日付　欧米出張を命ず

貴官は「リスボン」ニカイサイセラル　第3回　国際無線通信諮問委員会ニ参列兼　欧米各国ニ於ケル　軍事通信・無線兵器ノ調査研究ニ従事スベシ
出張旅費　一万三千円
出張期間　七ケ月
その行程を俯瞰すると、

昭和九（一九三四）年
七月二十三日　東京港　出港
　二十四日　大阪
　二十五日　和歌山
　二十七日　神戸
　二十八日　上海→香港
八月三日　シンガポール→コロンボ→アデン→紅海→スエズ運河→ナポリ→ローマ
九月一日　フィレンツェ→ベニス→ミラノ→インターラーケン→ジュネーブ→パリ→マルセイユ→バルセロナ→マドリッド→リスボン
国際会議出席

その後、ロンドン、パリ、ベルリン、ワルシャワ、プラハ、ブダペスト、ウィーン、ミュンヘン、ハンブルク、フランクフルト、アムステルダム、ハーグ、ブリュッセル、ワーテルロー、
ヨーロッパから北アメリカへ
ニューヨーク、フィラデルフィア、ボストン、ナイアガラ、トロント、シカゴ、グランドキャニオン、ロサンゼルス、サンディエゴ、サンフランシスコ、太平洋を横断しホノルル経由で横浜に帰港。

その後継続して西廻りの船旅をして帰国している。

鼎三が海外研修で世界一周をした際、そのころでは、入手し難い、珍しい品々をお土産に持ち帰ったそうだ。祖母には宝石のお土産もあった。それが終戦後の食糧難時代に家族を助けることになるとは、祖母は想像だにしなかったであろう。タケノコ生活で気に入っていたキャッツアイは、二束三文で生活費に消えたそうである。

家族団らんの思い出

船乗りで家にいる時間が少なかったのであろう、家族といる時間を大切にした

昭和七年　自宅庭前にて

祖父。自分の好きな麻雀でその目的を叶えていたようである。ところが麻雀に興味のないおふくろと祖母は一緒に遊ぶ、ただこれが、家族にとっては苦痛であったようである。「お小遣いを上げるから、一緒に麻雀をやろう」と母は誘われたそうだ。おばあちゃんも、無理やり雀卓の前に座らされ、居眠りを始める始末。おふくろは祖母が祖父に怒られている光景を覚えているそうだ。

私にとって周おばあちゃんの思い出といえば、ある正月、兄弟家族が集ってお祝いをしたときのこと。かるたは、百人一首である。周おばあちゃんはかるたの名手で、孫の私に秘策を教えてくれた。「むすめふさほせ」――これで始まる句は一つしかないので、これを覚えると誰よりも早く取れるよと教えられた。

ちなみにおふくろからは、百人一首の話題を聞いたことがない。まだ小学生だった私には百人一首は無理だと察したのであろう、「栄一、かるたを買ってきなさい」と命じられ、私は近所の駄菓子屋さんのような店でかるたを買って帰ったことがあった。このとき買ったのが「プロレスかるた」で、皆が喜んでくれると思って買っていったのに、顰蹙《ひんしゅく》を買ってしまった。そこでもう一度かるたを買いに行き、「サザエさんかるた」を買い、やっとみんなが納得してくれた。そのかるたの一枚、「飛び乗ったバスは　車庫行」という札を覚えている。

おふくろの兄はロマンチストだった。勉強よりも絵を描くことが好きで、勉強をしているふりをして机に向かい、竹久夢二の模写に熱中していたという。見回りに来た祖母の周がドアを開けると、慌てて引き出しにしまい、教科書を机の上に置いたという。後に清水建設の副社長になる。

おふくろの弟はやんちゃで、いたずらっ子。おふくろはよくいじめられたそうだ。しばしば聞いたエピソードは、おふくろが小学校の新学期直後に、ランドセルを庭の池に放り込まれて教科書がびしょびしょになったという話である。教科書の厚さが三倍ほどになり、その年一年間は、真剣に弟を恨んだと聞いた。後に日本郵船、船乗りとなる。

家族そろって（右から二番目がおふくろ）

病弱だった幼少期と、ミーハーだった女学生時代

おふくろは、幼児期は体が弱く喘息気味で、肋膜炎（現在は胸膜炎）を患っていたそうだ。胸の痛み、呼吸困難の症状に悩まされていたことが推察される。当時、青山に住んでいたのだが、大気汚染が進んでおり、心配した両親は平町（現在の東急東横線の都立大学駅付近、目黒区平町5）に引っ越した。その家は明治を感じさせるどっしりとしたつくりで、子ども心に「豪邸」だと感じた。玄関を入ると、大きな鏡があった。両脇に真鍮

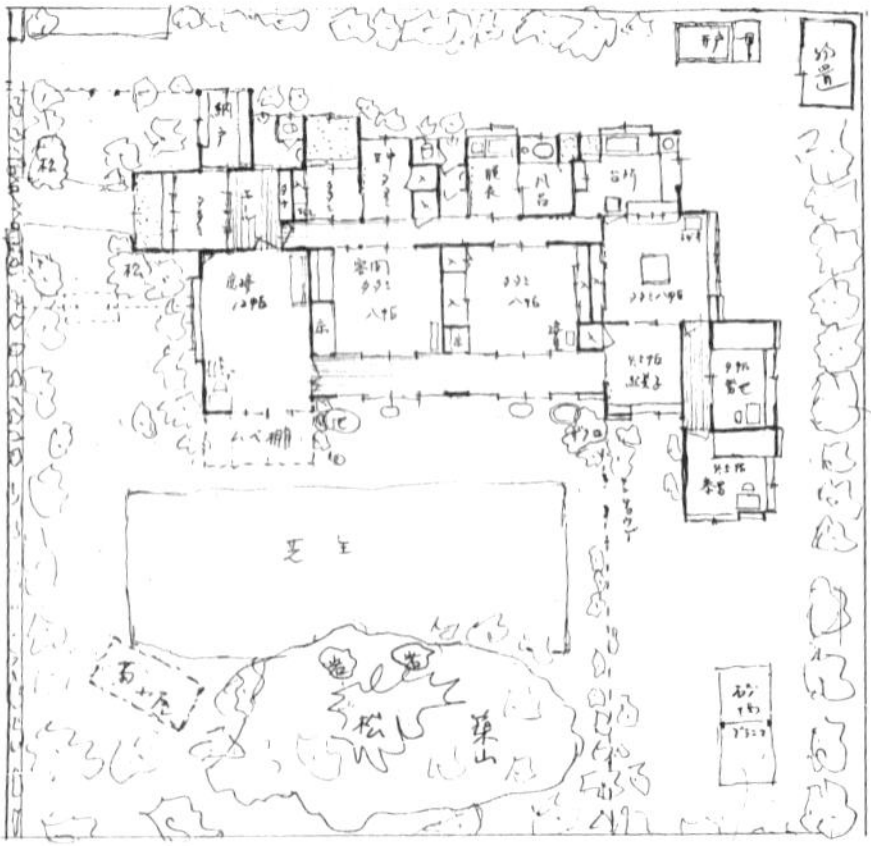

の手すりが付いていて、その手すりで逆上がりの練習をしたのを覚えている。縁側と中廊下があり、家の中を一周できるほど大きな家であった。中庭の池には金魚がいたが、どうやらおふくろは弟に、この池にランドセルを放り投げられたらしい。

おふくろの通っていた小学校は青山南尋常《じんじょう》小学校で、「私は『省線※』で通っていたのよ」との言葉に時代を感じさせられた。

厳しい祖父と祖母に育てられたおふくろであったが、女学校時代は、漏れ聞くところによると慶応のバスケット部のイケメンにお熱を上げたり、宝塚歌劇団月組男役スターである小夜福子の大ファンだったりと、なかなかにミーハーだったようである。ブロマイドを集めていたのだろう、私が中学生のころ、家の物置にあったおふくろのタンスの一番上の引き出しの中に、そのブロマイドを発見したことがある。教育に熱心だったおふくろからは想像もできない、「娘時代のおふくろ」を垣間見た。

※省線：電車は、日本国有鉄道になる前、鉄道省の時代には「省線」と呼ばれていた。

「三つ子の魂百までも」とでもいうのか、おふくろは私が物心ついてから、子どもの前でも感情を素直に表に出すことを憚《はばか》らなかった。テレビで、エルビス・プレスリーのライブが放送されると、「素敵！　しびれる！」と。そういえば、おふくろはジュリーにもお熱を上げていた。

晩年のおふくろが暮らしていたマンションの部屋には、大切で捨てられない品々が整理して取ってあった。その中に、八センチ×十センチほどの「UTA-NO-HON（I）、（II）」があった。最初の唄は宝塚歌劇団の小夜福子の『遠き君を想う』。二曲目は『帰れソレントへ』。それから私の知っている曲は、『山の人気者』、『谷間の灯』『花売り娘』、『乾杯の唄』、『めんこい子馬』……。「松竹歌劇」なるものもあり、全四十九曲あった。

（II）を開くと「五十」から始まり小夜福子の『小雨の丘』、『峠の我が家』と続く。最後は七十三『君よ知るや南の国』で終わっている。かわいいイラストの絵が表紙で、「K.H.（紀美子・原）のイニシャルが書いてあった。几帳面な綺麗な字だった。おふくろがいろいろな書類を書いていた字は、若いころから変わらない。おふくろが、「兄が竹久夢二の絵を複写している」と自慢げによく話していたが、おふくろも兄と同じ繊細なセンスが窺《うかが》える。女学校時代から始めたテニスも一生涯の趣味となる。そんな幸せな家族に戦争の影が迫ってくる。

第二章

めぐり逢い

海軍療品廠での出会い

昭和十六（一九四一）年一月、おふくろは十六歳を迎え、その年の暮れ十二月に太平洋戦争が始まった。

昭和十八（一九四三）年に入って戦局が不利になり、女性も「挺身隊」などと称して軍需工場に駆り出されていた。おふくろも昭和十九（一九四四）年一月に、海軍療品廠の研究部に任官された。療品廠とは、医薬品・医療機器の製造を担当する海軍医務局所管の組織で、目黒にあった。海軍の将官の娘さんも多く、豊田連合艦隊司令長官のお嬢さんなどがいたという。研究部は、研究者が少なかったせいもあり、他の製造部とは全然雰囲気も違っていて、働き心地は満点だったそうだ。

昭和二十（一九四五）年一月の朝礼の席で、三人の海軍中尉が任官し紹介された。河合中尉、深井中尉、奥井中尉である。三人とも「イ」のつく中尉だったので、おふくろは印象に残ったという。

昭和十七（一九四二）年四月に旧制東京帝国大学医学部薬学科に入学した親父は、その後海軍軍医学校戸塚分校に入学、昭和十九年九月に旧制東京帝国大学医学部薬学科卒業、同時に海軍見習尉官となった。そして海軍薬剤中尉に任官され、第一海軍療品廠に昭和二十（一九四五）年一月に第一海軍療品廠に配属になった。三人の海軍中尉のなかでも親父は一番がっちりと身体が大きく、まるで少年のように赤い顔をしていた。

研究部に配属され、北側の小部屋で実験を始めた奥井部員（おふくろたちは上官のことをそう呼んだ）は、あまり器用ではないらしく、二十リットルの大きなコルベンをこわし、かしましい女性の話題になった。大きな手がぷっくりとしもやけでふくらみ、同室の優しい女性はこれを見かねて、流しに山とたまった器具を、朝早く来てはきれいに洗ってあげた。

療品廠で一緒に働いていた多賀さんという方がいる。おふくろととても仲良しで、親父亡き後もお互いの家を訪ねては、療品廠時代の思い出話を夜遅くまでしていた。その多賀さん曰く、「彼は、頭は良かったかもしれないけど、不器用だったのよね。とても見ていられない」――親父は、母性本能を揺さぶる才能を持っていたようである。優等生の親父と天然ボケ（？）のおふくろが、それまでの療品廠でともに過ごした日々をつうじて、お互いに意識し始めたことは、想像に難くない。

その年の三月十日、親父とおふくろが療品廠で働き始めてから二ケ月も経たないうちに東京大空襲があったが、療品廠は焼け残った。しかし空襲はますます烈しくなり、研究部は富山の薬専の一部を借りて疎開することが決まった。実験道具を竹行李に詰めて、四月中旬に富山に移った。

移ってから間もなく奥井部員は本廠に呼び戻され、おふくろたち研究部の女性は、乏しい食料を寄せ集めて、おすしやすまし、酢の物などを作り、ささやかな送別会を開いた。「その時の、女性に囲まれて照れくさそうに歌を歌った姿が目に浮かぶ」――きっとこの時、親父はおふくろの心を摑《つか》んだのであろう。

普通であれば、親父が富山を離れて本廠に戻った時点で、親父とおふくろの縁は切れていたはずである。しかし、二人の縁を取り持ったのが上司の柳田少尉であった。

おふくろと親父が互いに惹かれあっていることを感じたのであろう柳田少尉は、「健康には問題のない男を紹介する」と、周おばあちゃんに親父を紹介した。後に親父が四十五歳という若さで死んだとき、周おばあちゃんは、「とびきり健康な若者を紹介すると言ったのに」と、恨み言を言ったという。

終戦、そして結婚

昭和二十（一九四五）年八月十五日、ついに終戦を迎えた。その四ケ月後の十二月十六日に、柳田少佐のお骨折りで、おふくろは親父と結婚した。なんと偶然にも、私たち夫婦が結婚式を挙げたのも十二月十六日だ。大変な時代に結婚式を挙げたものである。

結婚式は、親父の故郷の茨城県土浦市で行われた。東京大学医学部薬学科衛生化学教授の秋谷七郎教授の媒酌で、奥井家家族が通っていた土浦の前川教会での

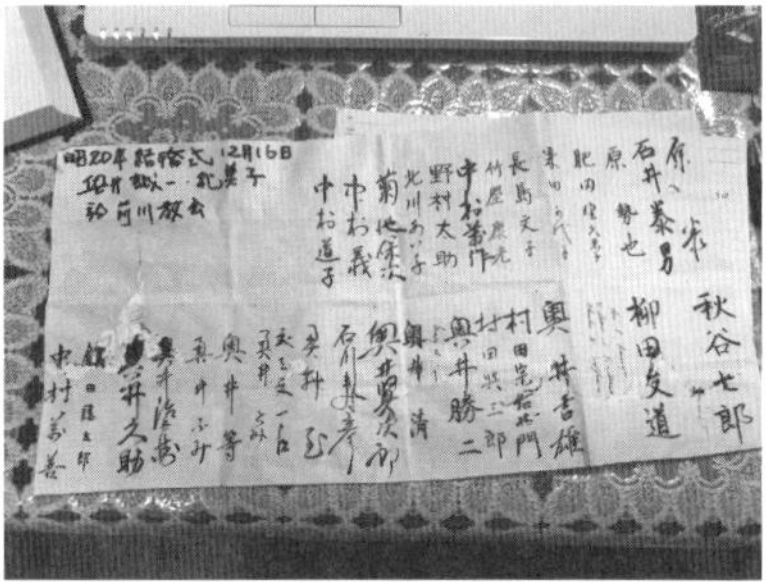

結婚式の際の寄せ書き

挙式であった。式の祭祀は、親父の母である静が通っていた教会の中村万作牧師。披露宴は、父の実家の二階の二部屋で、間の襖をぶち抜いて開かれた。食糧難の真っただ中の披露宴は、土浦だからできたのではないか。この時期に結婚を考える人がどのぐらいいただろう？　おふくろの運命を変えたこの結婚が、柳田少尉の粋な計らいから生まれたとは到底考えられず、大きな「運命」や「縁」を

感じる。

祖父・鼎三の死

　おふくろと親父が結婚してしばらく経ったころ、黄ばみ、すり切れた英文の降伏文書二通が、はるばるニュージーランドから日本に届けられた。インド洋に浮かぶ「南海の島々」であるアンダマン・ニコバル諸島を終戦時まで守り抜いた、旧日本軍の地域司令官四人が、連合軍に降伏を承認して調印した文書である。日付は終戦の年の昭和二十（一九四五）年十月九日と二十四日となっていた。

　サインした将校四人のうち三人までは、翌年戦犯としてシンガポールで刑場の

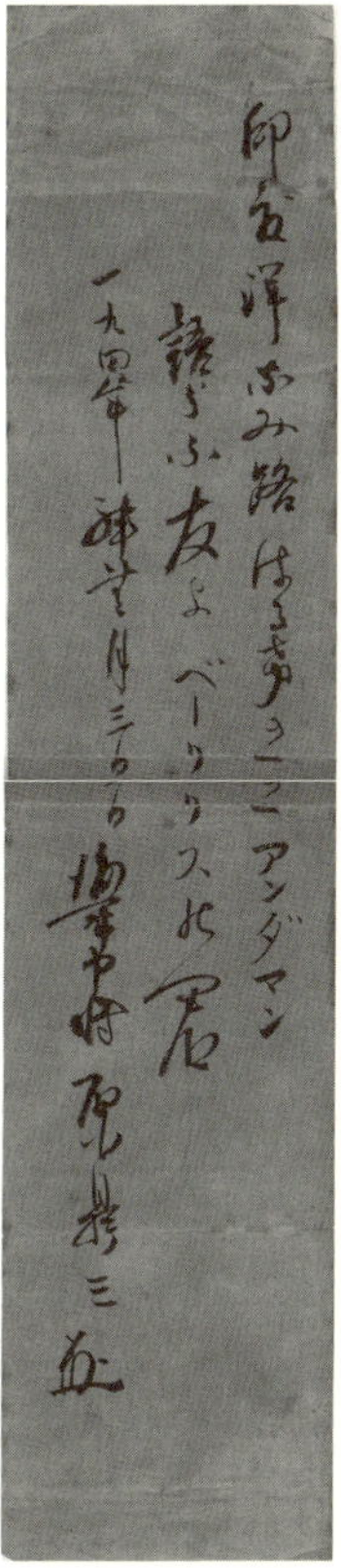

露と消えた。この降伏文書は退役した英国軍人が保管していたが、「遺族に返して欲しい」という希望で日本に戻され、絶筆に近いサインは、三十三年ぶりに遺族と対面したそうだ（昭和五十三年一月七日付毎日新聞夕刊より）。

このうちの一通が、アンダマン・ニコバル諸島全体の司令官である、原鼎三海軍中将のものであった。おふくろの父である。鼎三は戦犯裁判にかけられ、イギリス管轄アンダマン・ニコバル諸島海軍司令部責任で、ヘブロック島住民虐待殺害致死として実刑判決を受けたのだ。当時の位は中将で、昭和二十一（一九四六）年四月三日に絞首判決を受け、五月十六日に判決が確定。五月二十八日に刑が執行された。以下の遺書が残されている。

戦争中　不幸にして生起せる事件に関し、吾れ　司令官として責任を負い、異郷シンガポールに於いて　国難に殉じ潔く玉砕す。
悲しむこと勿れ。唯　戦犯の判決を受け　犠牲となりし部下将兵に対し申し訳なく断腸の思い切なるものあると共に　祖国の再建を深く祈念するのみ

昭和十七年五月　上海において

　この事実を知って、私は愕然とした。おぼろげながら、幼いころに周おばあちゃんから鼎三おじいちゃんの話を聞いていたが、本書を纏める中で、あらためてその死を思いめぐらすことができた。かつて『戦争を知らない子供たち』という歌が流行ったが、戦争の悲惨さをこの歳まで知ろうとしなかった自分が恥ずかしくなった。

「戦争」という時代に生き、その歴史の中で翻弄される人生を送ったおふくろ。しかし戦争がなければ、私はこの世に存在しなかった。この宇宙も偶然に百三十八億年前に生まれ、四十六億年前に宇宙の塵が集まって、太陽系の一つの惑星として地球が誕生し、知的生命が誕生した。その偶然の連鎖がつながり、今、私がここにいる。偶然の集積が今の世の中をつくっていて、人類の歴史の中のほんの一瞬を生きている。どんな環境の中にあっても果敢に生きた、祖父母や両親に対する尊敬の念がますます大きくなった。

第三章

土浦での新生活

食料難の時代

戦後の食糧難時代は、どこに行くにも「お米」を持って行かないといけない時代だった。明治時代に日本銀行ができて以来、紙幣や硬貨の時代になったというのに、まるで原始時代に逆戻りしたかのようだ。それほど、戦争の影響は重大だったのだろう。ものの売り買いには物々交換が主流で、貨幣よりも「お米」が信頼される時代になってしまったのだ。

奥井家は、三百年以上前から土浦のこの地で生活していることが推察されるが、江戸時代に度々襲われた大水害・火災等により、その記録が紛失している。奥井の住居が土浦城の大手門前にあることを考えると、この頃から土浦で相当な資産があり、社会的に認められていた一族と考えられる※。

祖父の有一郎は長男の嫁を迎え、「家族にも親戚にもひもじい思いはさせない」と、四代前に養嗣子として奥井家に入った田中塚本家の農家に依頼、おふくろの実家の原家の食糧までも面倒を見た。また、当時は、健康保険制度ができる前で、支払いに困ったお客さんの芋、野菜での支払いを受けたようである。

※奥井勝二著『奥井家のルーツと先祖』（昭和六十年九月刊行）より。祖父・奥井有一郎の七回忌に当たり編纂される。

土浦での新しい生活

親父の祖父である初代の有一郎は、茨城県北相馬郡の平沢家の人で、慶応四（一八六八）年に生まれ、明治二十八（一八九五）年に養嗣子として祖母のとみと結婚した。幼時より勉学に勤め、北里柴三郎に師事したそうだ。それから薬剤師となり薬局を開設し、薬剤師免許証第26号を取得した。茨城県最初の薬剤師であった。初代有一郎・とみの長女が、親父の母・静であり、私の父方の祖母である。明治二十九（一八九六）年五月四日生まれ。東京の普蓮土学園、明治薬学専門学校に学び、有一郎と同じく薬剤師となり、結婚して夫の英次郎（二代目有一郎）と共に薬局を開設した。

祖母の静は熱心なクリスチャンで、子どもたちを教会の日曜学校に通わせていた。初代有一郎は青春時代、内村鑑三や新島襄、新渡戸稲造等の思想に共鳴し、前川教会に赴任してきた中村万作牧師の門を叩いたそうだ。親子二代のクリスチャンというわけである。その縁か、昭和三（一九二八）年に新渡戸稲造が土浦に来た際に、奥井家を訪問したという。新渡戸稲造の膝の上に座る親父・誠一の記念写真は、我が家の家宝である。当時の奥井家は、静おばあさんの兄弟の面倒をも見ていたので、経済的に恵まれておらず、教会が心の支えになっていたのだと思う。

静おばあちゃんは合理的で、当時の近代的な女性だった。キリスト教のミッションスクールである普蓮土学園で英語を学び、英語がとても堪能であった。女性にして、日本でも当時数少ない薬剤師の免許を持っていた。土浦に外国人が来ると呼び出され、通訳を頼まれたという。ツェッペリンの飛行船が霞ケ浦に飛行したときにも、今の天皇陛下である明仁天皇のご教育係のミス・ローズが土浦にいらしたときにも通訳を務めた、地元の「名士」であった※。

静おばあちゃんは結婚式の翌日に、すべてのお手伝いさんを解雇した。まるでおふくろに「これからは家事はあなたの仕事」と考えたようである。それまでは、お手伝いさんが家事の切り盛りをしていた。おふくろの心中を考えると余りあるものがある。周囲も理不尽に感じたのであろう。あるとき、親父の妹である幸子おばさんが静おばあちゃんに、「お母さんはなんで料理をつくらないの？」と聞いたところ、「薬局の調剤をやっているほうが性に合っているし、家事は苦手なの」という返事だったとか。おふくろは、家族の食事のみならず、お店の店員の食事をもつくった。

おふくろは、奥井薬局の手伝いも積極的に行った。奥井薬局は麻薬を扱っていたので、その管理は厳しいものであった。その麻薬管理帳の清書を、おふくろがしたそうだ。

奥井家の一軒置いた家は、山口薬局というライバル店であった。静おばあちゃんは「山口薬局に負けるな」と店員を叱咤《しった》激励していたとも聞く。「山口薬局より先に店を閉めるな」と。なかなかのビジネス・ウーマンだったことが推察される。

青山（目黒）の家では姉やがいて、お嬢様の生活を送っていたおふくろが、嫁いだ先の土浦では、大家族や店員の面倒まで見て、この大所帯を切り盛りすることになった。かまどや井戸水、風呂は離れにあり、浴槽へは井戸水から水を汲まなければならないし、もちろん薪で焚くのである。生活の激変である。

それでも耐え、乗り越えたのは、愛の力の所以であろう。あるいは、根から明るい性格のおふくろは、新しい生活を楽しみにして心躍らせていたのかもしれない。しかし当時の親父は東京で勤めていて、毎日蒸気機関で土浦から二時間をかけて東京の本郷に通うというわけにもいかず、月曜から土曜日までは東京本郷で下宿していたのであった。

※前川教会牧師・中村万作著『愛のわざ』より。

旧家　奥井家が変わっていく

親父・誠一は長男で、勝二、清という弟と、幸子という妹がいた。おふくろには、新しい兄弟姉妹が突然三人増えたことになる。皆食べ盛りで、清おじさんの思い出によると、おふくろが嫁いでくるまでは食事は大皿で、従業員との食事の兼ね合いもあり、心の安らぎがなかったという。しかしおふくろが来てからは、めいめいの皿におかずを取り分けてくれたので、心が安らいだそうだ。また、顔の大きさぐらいの握り飯を握ってくれて、天国に上るくらいうれしかったとも聞いた。みんな「土浦の片田舎に鶴が舞い込んだ、掃き溜めに鶴だ」と喜んだらしい。庭で飼っている鶏が卵を産んで清おじさんは一刻も早くおふくろに見せたいと思い、二階にいるおふくろに卵を空高く放り投げたそうだ。おふくろは卵をキャッチするのに懸命となり、卵はキャッチしたのだけれど結果気がつけば清おじさんの両腕の中にいたそうだ。

幸子おばさんの生活も大きく変わった。それまでお手伝いさん任せだった炊事を、すべておふくろが担うようになり、新しいお姉さんがつくってくれるハイカラな料理に感動したそうだ。ときには一緒につくることもあり、料理に興味を覚えるようになり、後に料理学校へ通いはじめる。

くわえておふくろは、東京・目黒の文化の香りもこの家にもたらした。「素敵な洋服ばかり持っていて、こんなに素敵な着物を今までに見たことがなかった」と幸子おばさんは言う。その服を借りて出かけるときは、気分が高揚したそうだ。幸子おばさんは、兄である勝二の結婚式に、おふくろの振袖を借りて出席したのだが、そのとき新婦の弟・稠《しげる》も披露宴に出席していた。この稠が幸子おばさんの振り袖姿に惚れ込み、後に結婚することになる。兄弟姉妹が親戚になることになった。

このように幸子おばさんは、おふくろの思い出をたくさん語ってくれる。「お姉さんはいつもニコニコして、とても親切だった。怒られた記憶は一度もない。働き者だった」――静おばあさんには、たくさん怒られたそうであるが。おふくろの女学校時代の話もしてくれたそうだ。おふくろが学級長をしていた折、全員に号令をかけるのが、とても嫌だったという話。そんなことをしたことがない幸子おばさんは、一層おふくろが輝いて見えて、「さすが海軍軍人の娘」と感じたそうである。親父の兄弟は、おふくろに対して「海軍中将の娘」というレッテルを貼っていたようで、かたや自分たちは「片田舎の薬局の子ども」というちょっとした劣等感を持っていたのかもしれない。

子どもが生まれる

昔は、結婚してから三年以内に子どもが授からないと、惨めな思いをしたらしい。特に静おばあちゃんは、期待の長男の嫁に「一日でも早く子を授かってほしい」という気持ちからであろう、「まだ子どもができないの」と機会あるごとに聞いてきたそうだ。結婚三年目の昭和二十三（一九四八）年七月十三日、ようやく男の子を授かった。それが私である。四年後の昭和二十七（一九五二）年二月九日には、長女の友子を出産した。

おふくろは骨盤が狭く、二人とも難産であった。出産時には骨盤がなかなか開かず、二人とも帝王切開を行うこととなった。この時の輸血が原因で、輸血後ウィルス性肝炎のキャリアーとなり、一生定期的に検診を受けることになる。おふくろの出産は命がけだったのである。

第四章　再び、東京へ

東京への引っ越し

父の誠一は、平日は本郷の下宿で暮らし、週末に土浦に帰ってくるという生活を八年ほど続けた。戦後の混乱期、東京から土浦への移動は大変であったことが容易に想像できる。当時の常磐線は蒸気機関車で、ボックスシートは板製で固く、窓を閉めていても煤が車内に入ってくると聞いた。だから帰宅すると、鼻の掃除が必要になる。おまけに運航本数が少なく、車内はいつも非常に混んでいた。ただ、北千住の付近を通るときには「お化け煙突」が見えて、機関車が進むに連れて煙突の本数が四本から三本、一本と変わる。そんな車窓からの楽しみはあった。

親父が土浦から東京・本郷の勤め先に通うのが厳しいことを、周りも配慮したのであろう、東京の練馬区小竹町に借地し、新築の家を建てて、家族四人が一緒に暮らすことになった。おふくろは、私と妹に、自分たちのことを「おとうちゃま」、「おかあちゃま」と呼ばせた。おふくろの「一家四人家族」のイメージであろうか。

私と妹は、「力行幼稚園《りっこう》」に通った。ブラジル移民の支援をする団体が運営する幼稚園で、クリスチャンの幼稚園だった。園内に畑があり、移民する人たちが寄宿舎生活をしていた。日曜学校で聖書の話を聞いたことを覚えている。

その頃の私は、よく熱を出したらしい。出席カードを見ると、「保育日数：二十三日、出席日数：十七日、欠席日数：六日」とあり、一ヶ月の四分の一は休んでいたことになる。熱を出すと、胸にシップをべっとり貼られたことを思い出す。あまり気持ちの良いものではなかったが、熱を下げるためのおふくろの懸命の治療だったのだろう。近くの小児科へよく行ったことも、記憶にうっすらと残っている。

大きくなってから、「お前は小さいころよく熱を出して、手がかかった」とおふくろから聞いたことがある。「癪に障ったのは、お客さんが来て話がはずんでいると、きまって泣き出す。添い寝をして寝たかなと思い、来客と話をし始めるとまた泣き出す。何度も繰り返すうちに私が寝ちゃった」と。

こんな話も聞いた。ある日、幼稚園から電話があり、「お宅の子どもさんが声をかけても反応をしなくなった。迎えに来てくれませんか?」と先生が言う。おふくろが幼稚園に行くと、お漏らしをしていて、お尻にべっとりうんちがついていたそうだ。

自然豊かな環境に囲まれて

幼稚園を卒園すると、開進第四小学校に入学した。新設の小学校で我々が一年生から入学する学年であった。開進第四小学校の有名人に、一回生で園まりがいる。園まりが現役の時は胸を張ったものだ。

いまでこそ練馬は住宅地であるが、当時の練馬はまだ畑が一面にあり、家もそう多くはなかった。帰宅時は、茂呂病院という大きな病院の敷地を通って近道し、いったん坂を下る。坂道の頂上に我が家が見えた。麦畑の畝を通って上り坂を見上げると、おふくろが眩しい白の半袖ブラウスの右手を大きく振っている。そんなおふくろに気がついて、全速力で家に帰った記憶がある。

同級生がおふくろを見ることができる数少ない機会の小学校の授業参観日は、毎回毎回楽しみだった。友達が、「お前のお母さん素敵だね」と言ってくれるのを聞くのが心地よかった。胸を張りたい気持ちでいっぱいだった。

家の敷地は約百坪あった。北の道路に面した家の西側には、井戸水のポンプがあった。水を一生懸命汲んで、たらいで水浴びをするのは楽しかった。南側にはタイルを敷き詰めたベランダがあり、その幅で長方形の芝生があった。その先には、レンガで囲った花壇があり、いまでもカンナの色鮮やかな赤が脳裏に浮かぶ。西側には物置小屋があり、屋根に上ってそこから飛び降りられるか、友達と肝試しをしているのを見つかっては叱《しか》られた。

鉄棒もあり、ぶら下がって反動をつけてどこまで遠くまで飛べるかの競争をした。あるとき、頑張りすぎて手を放すのが一瞬遅れ、背中から地面に叩きつけられ呼吸困難になったことがある。そのときおふくろは、「無茶しちゃダメ」と心配そうに背中を撫でてくれた。

家の周りは砂利道で、砂ぼこりがひどかった。冷蔵庫はもちろん電気製ではなく、上の段に氷を入れて中に入れたものを冷やす冷蔵庫だ。配達の人が毎朝、自転車で氷を袋にくるんで持ってくる。子ども心に氷が解けてしまわないか心配した。

親父のアメリカ留学

おふくろは教育熱心で、毎日ドリルをやらされた。国語に算数、理科や社会の問題集など、さまざまである。学校から帰るとその日にやるべきページが開いてあって、「これをやったら遊びに行っていいよ」と言う。よく駄々をこねて、床を転げまわった記憶がある。そんな私を妹が見かねて、「まだお兄ちゃんの扱い方がわからないの」と言っていた。

おふくろは、よく言えば「ものを大切にする」、悪く言えば「ものを捨てられない」タイプだった。お陰で、いまでも貴重なものがたくさん残っている。「臍の緒」、「幼稚園の出席カード」、「小学校の成績表」……。私が小学校五年生に進級した新学期の頃の作文が出てきた。題名は「希望」というものである。

「今日から、五年生だ、さっそく希望という作文を書くことになったが、そういわれてみるといったいぼくの、希望はなんだろう。やりたい事はいっぱいある。世界一周もしたい。飛行機にも乗ってみたい、アフリカへ行って、野生のトラやライオンやチーター、サルも見たい。南方の方へ行って、バナナをたらふく食べてみたい。科学が進んで月の世界に行けるかもしれない。そうしたら、ぼくも、一回でいいから行ってみたい。でも、一番大切なことは、おとうさんがおるすなのだから、体を大切にすることと、勉強をまじめにやることだとぼくは思います。」

親父は昭和三十三（一九五八）年八月から、アメリカのイリノイ州立大学食品化学研究室に一年間留学していた。「親父がいない間、自分も頑張らなくては」と感じていた節はあるが、学校に行くのが楽しくて、父がいない寂しさは感じなかった。その分、おふくろが「家を支えなければ」と配慮をしていたのだろう。女手一つでの家の切り盛りは大変だっただろうが、それを感じさせないおふくろだった。鈍感な息子である。そういう時代だったのか、親父と離れて母一人日本で頑張ったことについて、恨み言を聞いたことがない。

親父は留学後、世界一周の旅をした。現代なら夫婦で旅行をするところかもしれないが、家を長らく留守にしたうえ、ましてや自分一人で見聞を広げて帰ってくる父に、むしろ違和感を覚えた。しかし、帰国してもらったお土産で、そのような恨み（？）はすべて忘れてしまった。ミッキーマウスの手巻きの腕時計、手品セット、カジノで使うようなトランプ、インド・タージマハールの大理石の置物……。このとき親父にもらったミッキーマウスの腕時計が最近出てきて、私の孫に見せることができた。

従妹一家との交流

おふくろの兄である泰男おじさんは目黒に住んでいたが、その家を引き払い、私たちの家の近所に引っ越してきた。従妹の石井朝子のことを、私たちは「あこちゃん」と呼んでいた。色白でとてもかわいい女の子で、同じ小学校に通うことになって有頂天になった。

泰男おじさんと朗子おばさんの家に遊びに行くのも楽しかった。泰男おじさんは大手の建設会社に勤めていて、新築した家も凝っている。周おばあちゃんの部屋もある家だった。家には暖炉があって、さすが、建築を専門とする人が建てる家はちょっと違うなと思った。

開進第四小学校の通学路の途中に我が家があって、あこちゃんは登校の際に、必ず我が家に寄ってくれた。朗子おばさんは朝が弱いらしく、あこちゃんが「ママ、起きてくれないの」と言うので、一緒に朝ご飯を食べた。

泰男おじさんは、トレンディなおじさんだった。話題のお店に詳しく、当時学生であった親父の妹の幸子おばさんを、銀座の素敵なお店に連れていってくれていたようだ。私は幸子おばさんも泰男おじさんも大好きだった。

スキーが流行し始めたころ、スキー旅行を企画して私たちを誘ってくれたのも泰男おじさんである。行き先は新潟県南魚沼郡。現在では美味しいお米の産地として有名だが、その南魚沼郡湯沢町の岩原スキー場に、家族そろって出かけた。

蒸気機関車に乗り、背当ては木で、四人掛けの座席だった。床に新聞紙を敷き、持参の板を座席に渡して、二段ベッドの完成だ。「子どもは床に寝ろ」と言われて潜り込んだのはよいが、頭のすぐ上にスチームの暖房が通っていて、すぐにのぼせてフラフラになって這い出した。列車が碓氷峠の近くに来ると、康男おじさんから「デッキに行こう」と誘われた。なぜだろうと思ってついていくと、デッキの階段（ステップ）に降りろという。手すりにつかまって下を見ていろと。やがて一瞬、線路の下に線路がオレンジ色に見えた。「おう」と声を漏らすと、「これが碓氷峠のループ式トンネルだよ」と教えてくれた。物知りのおじさんに感心した。

小学校五年生の夏休みには、泰男おじさんの勤務する札幌へ旅行することになった。その時の「北海道旅行記」が今でも残っている。

「七月二十七日二十時五分、上野発　北斗号　乗車。

いよいよ、待ちに待った北海道へ行く日になった。一日が三十時間くらいに感じた。六時三十分にぼくは、タクシーをひろいに行った。そして、上野についで急いで汽車に乗った。汽車は寝台車だった。間もなく汽車が発車して土浦につくと、おばあさまが、すいかと桃をもってきてくれた。それからすぐ寝たが、こうふんしたのかなかなか寝られなかった。」

東京から青森までは五百四十五・三キロメートル。急行北斗で十三時間二十五分、時速四十一キロメートル――当時書いた旅行記の中に、地図入りでそう記載されている。青函連絡船に乗り換え、十和田丸でさらに四時間三十分。距離は百十三キロ、時速二十五キロで進む。函館で急行「まりも」に乗り換え、今度は二百八十六・三キロの旅だ。五時間四十四分、時速五十キロと書かれている。

泰男おじさんの家に到着すると、家を拠点に、洞爺湖・支笏湖の旅、阿寒国立公園・網走国定公園の旅、大雪山国立公園の旅と、いろいろなところを巡った。今でも鮮明に思い出される。

その旅行で、急行北斗に乗って札幌に向かっていたときのことだ。深夜に仙台駅に停車したとき、おふくろが突然私を起こした。そして車窓から誰もいないプラットホームを見ながら、「ここに住むことになるのよ」とぽつりと言った。そのとき私は、その言葉の意味が全然わからなかった。

第五章　教授の妻として

一家で仙台へ

ちょうどそのころ、東北大学医学部に薬学科が新設されることになった。そこで親父が、製薬・分析等の教室に肩を並べる衛生化学教室の初代教授として、仙台に赴任することになった。親父は当時三十七歳、大抜擢の人事だったのだろう。母はわずか三十四歳だった。そして父は、秋谷七郎教授のもとで働くことになった。

物質的には恵まれるようになり、いわゆる「三種の神器」が家庭に普及し始めた時代だった。しかし精神的にはそこまでゆとりがあったわけでもなく、「欧米に追い付け・追い越せ」をめざしていた時代でもある。実利的な学問の価値が高まり、社会から強く要求される時代に、「栄養と疾病」、「食品衛生と健康」、「環境衛生」等を看板に掲げる教室の立ち上げにかかる苦労は、並大抵なことではないと容易に推察される。道のない新設の教室を立ち上げたわけであるが、ましてや医学部の中の薬学科。その存在を確固なものにする親父の道のりは、遠く険しいものだっただろう。

教授の仕事は、学問と教育である。私の記憶では、親父は家に仕事を持ち帰ることはほとんどなかったが、時おり家で論文を書き、原稿の執筆をしていたような気がする。もちろんワープロやパソコンなどなかった時代なので、肉筆で原稿を書き上げる。それから、おふくろに原稿の清書を依頼していたことを覚えている。

夜遅くになって原稿を書き上げ、それから母に「明日の朝までに清書するように」と依頼する。親父が当然のことのようにそう言い渡していたが、それに文句を言うおふくろを見たことがない。一日の家事を済ませ、深夜から清書を始めるおふくろ。居眠りをする姿もしばしば見たことがある。亭主関白の典型、そんなことを感じた。

慣れない土地での暮らし

仙台での新しい生活が始まった。おふくろは住み慣れた東京をあとにして、慣

庭先にて、家族四人で

れない地で教授の妻として、母親としての新たなスタートを切ったわけである。

仙台南部の原町（現代の仙台市宮城野区苦竹町付近）が、最初の仙台での借家住まいの地であった。原町は自衛隊の駐屯地がある町で、東京と比べるとはるかに田舎であった。自衛隊の宿舎が近くにあり、子どもがたくさんいたが、頭はみんな坊主で、どの子も皮膚病で、顔や頭に白い斑点があった。鼻水は緑色、しかも両方の鼻から垂れていて、息をすると、鼻水が呼吸に合わせて上下するのが印象的だった。おふくろは地元に馴染んでゆく子どもたちを逞《たくま》しいと思う反面、仙台弁を覚えていくことに複雑な感情があったことと思う。

遊ぶところには苦労しなかった。特に冬の雪は格好の遊び場になる。雪がマット代わりになるので、思いっきり投げられても痛くも痒くもなく、気持ちよい。みんな投げられるほうを好んだ。

原町に一年ほど住んだ後、新興住宅地である仙台北部の旭が丘に新居を建てて引っ越した。

中学は上杉中学校。進学校で、越境入学の生徒が多かった。英語の授業のことをよく覚えている。山崎リン子先生は、私が英語を好きになったきっかけをつくってくれた恩師だ。宿題は、わら半紙一枚に、真っ黒になるまで単語のスペルを書くこと。特にローマ字式でないスペル、「beautiful」等をよく書かされた。これが私の英語力の基盤となり、山崎先生にはいまでも感謝している。

新しい生活

仙台での我が家を探していただいたのは、鈴木康男先生である。何度かおふくろも一緒に不動産周りをしたのだろう。同じつくりで、一軒ごとに塀がある、細い路地で区画された四軒の住宅をおふくろは選んだ。その四軒のうち、隣が大塚さんで、スマイリー小原のようなダンディな若い歯医者さんの卵であった。後に開業し、我が家のホームドクターになる。

その奥様は都会的で新しもの好き、ファッションにうるさい若妻という感じの人だった。息子が一人いて、後にこの子の家庭教師を頼まれることになった。こうして、家族ぐるみの付き合いをするようになった。おふくろは奥様と気が合ったようで、彼女から仙台の生活の仕方を学んだようである。

仙台の道路は、脇道に入ると舗装されておらず、砂利道だった。車もまだ普及しておらず、自転車が主要な移動手段。荷物も前輪のタイヤが太く、ハンドルの前に荷台のある仙台で初めて見る自転車。燃料屋の人が、亜炭をこの自転車で配達してくれた。

家の風呂は、亜炭風呂だった。石炭には慣れていたが、亜炭を見るのも知るのも初めてだった。仙台近郊で採掘される燃料で、石炭になりきっていない燃料ということで取り扱いが難しい。ましてや、その亜炭を湯船の脇についている煙突の湯船より高いところに、亜炭のくべ口から、垂直に亜炭を落とすのである。技がいる。この仕事は私の仕事になった。

当時は自家用車を持っている家庭はそう多くはなく、業務用の自動車が圧倒的に多かった。男は自動車学校に通うが、女性は躊躇するような時代。自動車のセールスマンは、車の普及に力を入れていたのであろうと想像するが、優秀だった自動車セールスマンが、女性に運転を無料で教えるという策を考え、女性への自動車普及を高めようと狙った。そこでセールスマンは自衛隊の敷地を借りて、石灰で線を引き、自動車練習場をつくったので、おふくろと隣の奥様がこれに通った。クランクや車庫入れ、幅寄せの練習を炎天下で繰り返していたのを記憶している。

おふくろのこの免許取得は、後々親父が脚を切断して、毎日大学への通勤の送り迎えに役立つことになる。おふくろはこの時代に、今でいう「アッシー」として夫に貢献したのだが、それについては後に触れる。

家を切り盛りする

おふくろからは、「国家公務員の薄給」という言葉を何度も聞いたことがある。食べ盛りの子どもを抱え、家計のやりくりはとても大変だったのだろう。平日は、おなかをいっぱいにするのがやっとで、デザートはなかった。その代わり、週末土曜日の夕食の後には、必ずデザートを付けてくれた。「イチゴが食べたい」、「ケーキが食べたい」と言うと、かえってくる返事は決まって「週末ね」。少ない予算で効率よく三大栄養素やビタミン、ミネラルを補給しなければならないのだ。

おふくろは、雑誌「婦人之友」の購読者だった。これは日本初の女性ジャーナリストであり、家計簿の考案者でもある羽仁もと子の創刊した雑誌で、キリスト教的自由主義に基づく生活中心の女子教育を行った人として有名である。おふくろは、羽仁もと子の生活中心の合理的な考え方、理想的家庭を作る理念に共感したのではと想像している。

おふくろは、基本的な家計のやりくりに関心を向け、毎日家計簿をつけていた。そして一円でも合わないと、寝ずに計算を繰り返した。まるで銀行員のようである。

親父が亡くなって遺産相続の申告の際、税務署の役人に「こんな収入でやりくりできるはずがない。なにか隠していませんか?」と疑われたことがある。そこでおふくろが、それまで欠かさずつけていた家計簿を全部持っていって見せたら、担当の職員は納得し、恐れ入りましたとひれ伏して謝ったという。これは後々よく聞かされたエピソードで、おふくろの自慢の一つであった。これは私の想像であるが、おふくろの相続でも、税務署からの調査がなかったのは、おふくろの遺した資料がきちんとしていたためだったのではないかと考えている。

親父・誠一のこと

そんなおふくろのことを、親父は「本当にお前は、バカなんだから」と言ったことがある。それも子どもの前でである。子ども心に、教育上はなはだよろしくないと思った記憶がある。昔の女性は忍耐強かったと思う。

親父は厳格だった。日曜の朝は、必ず親父が家庭で礼拝の時間を持った。「主の祈り」で黙禱《もくとう》。お説教をするわけではなく、黙禱である。一週間の出来事を振り返り、自分の内面と対峙しなさいというのが趣旨であったのかと今思う。

親父は、内村鑑三の無教会主義に共感していた。「教会に行かなくとも、人が集い、主を思う場こそが教会である」――その考えは、土浦前川教会の中村牧師によって培われたのではと思う。新渡戸稲造が土浦を訪れた際、祖母が新渡戸稲造を自宅に招き、家族と記念撮影をした時、親父は新渡戸稲造の膝の上に座った。

親父の追悼集である『いのち』を読むと、恩師であり東京大学名誉教授であった秋谷七郎先生が「神の心を心とした青年、先輩には親愛され友人同僚間では親しまれ尊敬され、後輩をやさしくみちびき人の長所を高く買い、人のためには己をむなしくし、謙譲の美徳に溢《あふ》れていた」とある。

親父は弱冠三十七歳にして東北大学医学部薬学科の教授に就任し、研究と教育を担う職に就いたので、家での親父の記憶はないが、記憶に残っている思い出がある。あるとき常磐線で、板の背当てがあるボックス席に家族全員が座ったときに、家族みんなの膝を集めて、俺を膝の上に乗せると、「周りが見えないように頭を置け」と言った。そのとおりにすると、誰かが俺の頭を小突く。頭を上げて「誰が小突いたか?」と尋ねる。一人ひとりと視線を合わせて、誰が小突いたかを当てさせるゲームだ。大人は演技をするが、妹は演技ができず、すぐにわかった。だんだん表情を隠す訓練ができてきて、このゲームは進化した。

ある日曜日、親父と珍しくキャッチボールをすることになり、庭に出た。「俺がキャッチャーをやるから、投げてこい」――俺は、いわゆる試験をされている気分になり、全力で投げ込んだ。「まあまあかな」と思っていると、父が「東大野球部のピッチャーにはなれるかな」と言ってくれて、とても嬉しかった。

おふくろは、そんな親父をどう見ていたのだろう。親父は、世界でたった一人、おふくろだけには素顔の自分を見せていたのであろう。おふくろが後に言ったことがある、親父へのささやかな恨みの言葉――「本当に、外面《そとづら》が良くて、内《うち》面《づら》が悪いんだから！」。この言葉に、親父とおふくろの愛情の深さを感じた。

おふくろが親父の論文の清書役を務めていたのは、先に述べたとおりである。親父が原稿用紙に書きなぐった原稿を、おふくろが他人が読める字に清書するのだが、おそらく親父の秘書ですらも、その字を判別できなかっただろうと思う。父は定刻に床に就く。一方でおふくろは、夜遅くまで親父が書きなぐった下書きの原稿を判読し、清書作業を進める。親父が起きてくる頃には、秘書の作業を終えて、朝ご飯の支度を終えている。親父よりおふくろの方が上だなと、子ども心に感じていた。

もちろん、親父も親父で苦労していたのだろう。教授職は、教育と研究と研究費稼ぎによって評価されると聞いている。東北・仙台の地に新しい衛生化学教室を立ち上げることは、とても大変だったと思う。公衆衛生や環境破壊に対する社会的意義の意識が低かった時代に、食品添加物に警鐘を鳴らすなど、大きな勇気のいる仕事だ。

学生たちとの交流

父は学生をよく家に招き、「ホームパーティー」を開催した。アメリカ留学時の影響だろうか、アメリカの教授の良いところを積極的に取り入れていたと思う。自分が教授になったらホームパーティーを行おうと、前々から思っていたのかもしれない。節目節目に学生を自宅に呼び、教室の融和を図った。

これを教授としての大事な仕事の一つとおふくろは心得て、学生の喜びそうな料理を考える。私たち子どもにも参加するように促した。おかげで私も学生とはどんなものか、おぼろげに学んだ。そして子どもがその場にいることで、教室の雰囲気を和らげることに貢献したのだと思う。

新学期になると、学生を我が家に招くのだが、この日は我が家の居間が職員と学生とで溢れる。学生も、「教授の奥さん」には興味《きょうみ》津々《しんしん》だ。おふくろもこのときとばかりに料理の腕を振るう。若い人の食欲にじょうずに応え、タイミングよく料理を出すというのは、至難の業だ。「教授の奥さん」がどんな料理をつくるのかという期待に応えようと、おふくろは懸命に料理をつくった。若い奥さんがけなげに料理する姿を、学生は想像していてくれる——そんな思いでおふくろは料理していたのだろう。そんなときに、「おばさーん！」の大きな声が響いた。おふくろは、「私のことを『おばさん』と思っている」という厳しい現実の一声に、愕然としたようだった。

あるときのホームパーティーは「家庭寿司」だった。学生を前に、「今日はそれぞれお世話になっている人に、お寿司を握ってあげてください。また、日ごろ恨みに思っている人にもお寿司を握ってあげてください。その時は、山葵《わさび》をたっぷり入れてあげてください」——親父がいくつの山葵の入ったお寿司を食べたのかは、確認しなかった。

大学関係者との関係

おふくろは親父の秘書として、大学関係の人間からも信頼を集めていた。晩年のおふくろが、サービス付き高齢者向け住宅である「そんぽの家」に入居したとき、私の妹が「もう、大学の人たちに会わないほうがいいと思う。イメージが壊れるから」と言い出したことがある。ちょうどそのころ、東北大学薬学部の同窓会があった。その場には、東北大学医学部薬学科衛生化学教室の立ち上げに努力してくださった方々が多く集まっていたが、皆が「お母さんのお加減はどうですか？」と聞いてくださった。

中でも、見知らぬ仙台への引っ越しの際、微に入り細に入りお気遣いいただいた鈴木康男先生は、「お母様にぜひもう一度お会いしたい」と強く懇願された。私は、同窓会の席でもあることと、妹から「母の良いイメージを壊したくないので、面会はお断りしてください」と言われていたこともあり、丁重にお断りした。しかし鈴木先生があまりにも残念な表情をされるので、鈴木先生に耳打ちしてそっと会場を出、タクシーを呼び、「そんぽの家まで」と運転手に告げた。

そんぽの家に到着してそっとドアを開けると、おふくろは眠っていた。声をかけると目を覚ましたので、「鈴木先生をお連れしたよ」と言うと、「その節は、大変お世話になりました」と、驚くような返事が返ってきた。それから、まるで昨日のことのように、仙台に引っ越した時に住む家を親身に探していただいたこと、誰も知人のいない、つてのない仙台で、おふくろが新しい生活を始めるにはどうしたらよいのか、大きな不安を抱えていたであろうおふくろが、その親切をどんなに心強く思ったかを話していた。

それまでは記憶が朦朧としていたおふくろが、鈴木先生がいらっしゃると、昔のおふくろにタイムスリップしたかのように仙台の家探しの光景を詳細に話し出したことに、大きく驚いた。おふくろの生き生きとした顔を見て、鈴木先生をお連れしてよかったとつくづく思った。

それからふたりで同窓会会場にそっと戻り、何もなかったような顔をしていると、おふくろにお世話になったと感じている学生たちに「どこへ行っていたのか」と問いつめられた。「教授の奥様にもう一度会いたい」と予てから言われていた方たちである。おふくろに会いにいっていたことを白状すると、「なぜ我々も連れていってくれなかったのか」と叱責を受けた。妹の言いつけがあったことと、あまり大勢で行くとおふくろは何が起こったのかとびっくりすると思ったので、やはりていねいにお断りしたが、鈴木先生だけはおふくろにどうしても会わせたかったのである。親父が亡くなって約半世紀が経つが、教室設立時代のフロンティア精神、皆で頑張った思い出が今も共通していることを感じた。そのつながりの深さを改めて感じるとともに、両親の偉大さを思った。

おふくろは優秀な親父の秘書であった。論文の清書から冠婚葬祭の気配り、季節の挨拶・年賀状など、すべておふくろが対応していた。親父の周囲の皆さんも、そのことを薄々と感じておられたのであろう、親父の人脈はおふくろの人脈と重なっていった。

親父の死後も、近況を主に年賀状で伝え、相手側の近況も心配していた。だからこそ皆さんの心の中で親父は生き続けたのだと思う。血の通った交信が約四十年続き、折に触れて親父を偲ぶ会も開催された。筆まめなおふくろのおかげで、親父は死んだ後も、おふくろと一緒に歳を取っていくかのようだった。だから皆が集まると、学生時代へタイム・スリップするのである。

新しい縁を育む

おふくろは東京の人間でありながら、仙台に引っ越し、地元の人とどんどん馴染んでいった。仙台の風土や仙台弁に慣れるまでには、苦労もさぞかし多かったことだろう。しかし、親しい友人をたくさんつくった。

第六章

悲しい別れ

思わぬ不幸

毎年冬になると、私たち一家はスキー旅行にでかけた。行先は山形県の蔵王スキー場である。ここは私にとって「スキーのふるさと」とも言える場所で、蔵王温泉に宿泊したり、山頂の地蔵岳の直下にあるパラダイスロッジに宿泊したりしたことを覚えている。

蔵王スキー場は、一日では回り切れないほど広大なスキー場だった。蔵王スキー場の全部のコースが頭の中に入っていて、天候や雪質をふまえたうえで、その日はどの斜面で滑るのがよいかを考えることができた。ある日は山頂まで一気にロープウェイで登って樹氷原を滑り抜けたり、天気が悪い日であれば一番麓の上の台ゲレンデで基礎スキーをしたり……。

後に私は東北大学スキー部に所属し、ジャンプをやった。当時の蔵王スキー場にはジャンプ台がなかったので、地元の方々の了解を得て、竜の口ゲレンデに学生だけで小さなジャンプ台をつくった。それがきっかけで今、竜の口に立派なジャンプ台ができている。学生時代の誇りである。

毎年のこの旅行は、忙しい親父なりの家族サービスだったのであろう。しかし親父はスキーに不慣れで、緩斜面である上の台ゲレンデで滑っていたものだ。そんな親父を置き去りにして、おふくろ、妹、私の三人で急斜面に行くことがよくあった。

とはいえ、最初のうちは家族全員で、親父の面倒をみていた。親父は肘に力を入れ、ボーゲン（スキーをハの字にしてスピードを抑えて滑る滑り方）で遅れて降りてくる。威厳のある親父が、子どもに惨めな姿を見せる珍しい瞬間であった。

そんな親父がそこそこ雪に慣れてきたと見るや、おふくろと私、妹の三人は、「親父はこの緩斜面で滑っていてね」と言い残し、蔵王・地蔵岳山頂まで向かう。蔵王山麓駅から一度乗り継いで、地蔵岳山頂へのロープウェイに乗り込んだ。当時の蔵王温泉スキー場は、大変人気のあるスキー場で、特に地蔵岳の麓、蔵王温泉から一気に山頂へ登るロープウェイは二時間、三時間待ちは当たり前だった。親父を山頂に連れて行くと大変なことになるので、緩斜面に置き去りにしたわけである。地蔵岳の山頂から、樹氷原を滑り、蔵王温泉へ一気に滑り降りるスリルは、私たち三人にとっては、蔵王温泉スキー場の欠かせない醍醐味の一つだった。

これは私が中学から高校までの間、毎冬の恒例行事であり、私が高校二年生のとき、三月の初めに蔵王温泉スキー場へ行った。その旅行から帰ってきて数日後、親父は右の膝の上、太腿が腫れてきたと言う。「膨らみが激しくてズボンが履けない。スキーが太腿の内側にぶつかり腫れたんだろう」と。私たち家族は、何回も転ぶ親父の姿を思い浮かべながら、「さもありなん」と頷いた。てっきり、親父が蔵王の緩斜面で転倒し、右太腿を打って腫れたのだと思っていたのだ。これが大事にいたるとは、予想だにしなかった。

親父はその数日後の医学部の教授会で、隣に座った整形外科の教授に、「スキーに行って、内股にスキーをぶつけて腫れて、ズボンが履けなくなった」と話した。するとその整形外科の教授は、何か感じるところがあったのであろう、「すぐに私のところで診察を受けてください」と言った。そこで診察を受けてレントゲンを撮ったが、異常はないようだった。しかし医師の疑いは晴れずに、細胞診をすることになった。

診断結果は、なんと「内胚葉性肉腫」であった。若い人によく見られるがんの一種で、四十代の人には稀ながんである。診断は早く、医者は「一刻も早く右足切断をするように」と父に告げた。父はそれを受け入れた。

右足を切断する

親父は右足切断の手術を受けるために、昭和四十一（一九六六）年三月八日に、東北大学医学部附属病院整形外科に入院した。

親父は入院先の病室に、私と妹を呼んで言った。「俺は神様に選ばれた。これから片足を切断することになるが、お前たちは、父親が『びっこ』といじめられても負けないように」――高校三年生と中学三年生の子どもにである。「そんな子どもじゃないよ」と言いたかったけれど、言えずに黙ってただ頷いた。その傍らで、おふくろが泣いていた。父は、「泣いてくれる人がいるということは、たとえ演技でもうれしいな」と言った。感情を殺し、理性で生きてきた父の「人間らしさ」を垣間見たように思った。手術は成功し、同年の六月十二日に退院した。

片足の親父が家に帰ってきた。すぐに義足をつくり、杖で歩くリハビリに取り組んだ。おふくろは専業主婦だったので、隣の奥様と教習に励んで取得した免許を生かし、退院以降は親父のアッシー、専用運転手を務めた。当時の私は、残念ながら事の重大さに気がついておらず、充実した高校時代を過ごしており、軟式テニス部で高体連を目指していた。

親父が職場に復帰すると、母は毎日車で職場に父を送り、夕方になると迎えに行った。術後の経過は、医者からも「順調です」と言われていた。親父は片足にはなったものの、転移の心配はしなくてよいと思ったようだ。不幸中の幸いを神に感謝し、快気を記念して、「拓杏園」という身体障害者施設にピアノを寄付した。退院後一ヶ月、昭和四十一（一九六六）年七月のことである。

早すぎる死

後に知ったことだが、親父の弟である勝二おじさんが、千葉大学医学部外科の外科医だったので、親父の担当医から診断結果や手術の詳細の説明を受けていたそうだ。

担当医は、勝二おじさんを含めた家族以外の親戚を集めて、どうすべきかを話し合ったという。もちろん、親父も素人ではないので、知らせたほうがいいのかもしれない。しかし当時私は高校三年生で、妹が中学三年生。ともに受験生である。親父本人に告知すれば、翌日には妻であるおふくろにわかってしまう。すると受験を控えた私と妹はひどく動揺するだろう、受験勉強に影響を与えてはいけないとの判断で、その話し合いの内容を家族には伝えないことを決めた。おふくろへも、いっさい何も話さなかった。「家族には真実を一切告げない」という周囲の配慮だった。当時の時代を反映する判断である。

そこで親父に気付かれないように親父の胸の骨格の似た人のレントゲン写真を差し替えて、シャーカステン（X線写真）に映して見せたそうである。しかし親父は、きっと「何かおかしいぞ」と感じていたに違いない。

「再発の傾向もなく、大丈夫ですよ」と担当医から説明を受け、私と妹は受験勉強に専念した。年も越え春先になったころ、親父は「咳が止まらず、肺が苦しい」と言いだした。そして昭和四十二（一九六七）年三月七日、今度は東北大学医学部附属病院中村内科に入院することになった。

入院して十日後、おふくろがいつものように父を病院に見舞い、帰ろうとすると、父が「帰るのか?」と聞いた。母が「なに甘えているのよ。帰るわよ。また、明日来るから」と答えて病室を離れたが、のちにこのときのことを、「後ろ髪をひかれるような気持ちがした」と語った。母はいつもと違う父を感じたのであろう、その翌朝、親父は亡くなった。昭和四十二（一九六七）年、三月十八日のことだった。

大学受験を控えた私に、親父は「俺と同じ世界には来るな」と言った。お前が優秀で自力で仕事を成功させても、「親の七光り」などと中傷を受けるからだと。「誰も知らない世界に行って、自分の力を試せ」――私は自然科学を専攻したが、そんな親父の影響で、進路に迷いはなかった。というより、芸術や音楽、文学という世界には、私はまるで才能がないと思い込んでいた。家庭環境から、化学は得意だと思っていたので、親父の隣の世界である工学部と理学部の化学系学部を受験することにした。地域が離れていればいいかなと、第二志望は、静岡薬科大学に願書を提出した。受験日は三月三、四、五日。仙台ではこの期間によく雪が降る。

合格発表の朝、「親父の容態が悪くなった」と周りがざわついていた。「親父に会いに行かなくては」と言うと、おふくろは「合格発表の結果を見に行きなさい」と言った。合格発表の結果が張り出されると、私の受験番号はなく、次の順番に飛んでいる。何回も何回も見直したが、どうしても見つからなかった。

報告することがなにもなかったが、とりあえず家に連絡すると、「これから病院に行くので、あなたも病院に向かって」と言われた。病室に到着すると、親父は既に亡くなっていた。担当医から「治療は順調で退院も間もない」と言われていた我々家族にとって、それは突然の別れだった。

親父の直接の死因は、転移性肺肉腫、その原因は右下肢横紋筋肉腫であった。通夜は、我が家で執り行われた。とてもたくさんの方に会葬していただいた。出棺の時が来て、葬式会社の方が丁重に棺を霊柩車に運び込もうとしたとき、おふくろは棺にしがみついた。祖母の周がそれを制止し、「未練だよ」とたしなめた。

親父は現役の教授であったので、三月二十三日には東北大学医学部の学部葬が執り行われた。菊の花で飾られた大きな祭壇を見て、やっと現実を受け入れるとともに、親父の偉大さを感じた。

三月二十六日には土浦で、父の尊敬する中村牧師の司会で、教会葬（埋骨式）が行われた。静おばあちゃんは、涙にくれていた。「長生きするのもいいけれど、その逆を見るのは嫌だ。神様は、なんでこんな残酷なことをされるのだろう」

――その言葉がいまでも忘れられない。

残された人たちの思い

その早すぎる死を悼んで、同じ気持ちをもつ方々に親父の思い出を綴ってもらい、寄稿集をつくることにした。提案者は静おばあちゃんで、その命を受けたのが登美子おばさんである。

静の名で親父を偲ぶ文章を依頼するので、静おばあちゃん宛に原稿が届く。おばあちゃんはその原稿を泣きながら読むので、せっかくいただいた原稿は、すぐに涙でぐちゃぐちゃになってしまった。登美子おばさんに渡されるときは判読できない状態で、まとめるのにずいぶん苦労されたそうだ。

親父が亡くなって二年後、寄稿集『いのち』が完成した。そのなかには親父の遺した文章も収められているが、昭和三十一（一九五六）年四月三日の「薬事日報」に「衛生化学の将来」と題して書かれた文章も掲載している。その内容は、現在読んでも古さを感じない。

「いわゆる広い意味での老人病の問題が特に最近喧しく言われている。しかしこのような問題はその解決を医薬品に求めるのも一つの行き方であろうが、これら疾病の原因はいずれも複雑でそこに至るまでには、長期間に多くの原因が累積され、ある年限に至って急に症状が顕著に現われてくるような種類のものであるから、この段階にきて医薬品に頼るよりも、拠ってくる原因に注意を払うことが肝要であろう。

（中略）

衛生化学は従来扱ってきた食品や環境をもう少し拡げ、新しい角度からこの問題の解決に一役買うべき責任の一端を有している。」

親父が死んだ当時、私は十七歳だった。厳しいのみの父親への反発心が強く、対抗意識もあったのであろう、片足の親父に負けまいと必死で、その親父に「死」が迫っているという気持ちはあまり感じていなかった。おふくろも同じ気持ちではなかったかと思う。むしろ「片足の父親ではあるが、楽しい雰囲気の家族にしたい」という気持ちでいっぱいだったのではないか。

おふくろが親父の病室を最後に見舞った夕方、親父は「もう帰っちゃうの」と珍しく言ったそうだ。ところがおふくろは「何を甘えてるの」とつれなく病室を去ったそうである。親父が何かを感じ、おふくろに訴えたかった機会を、「なに甘えているの」という言葉でふりきったことを、おふくろは、しきりに悔いていた。

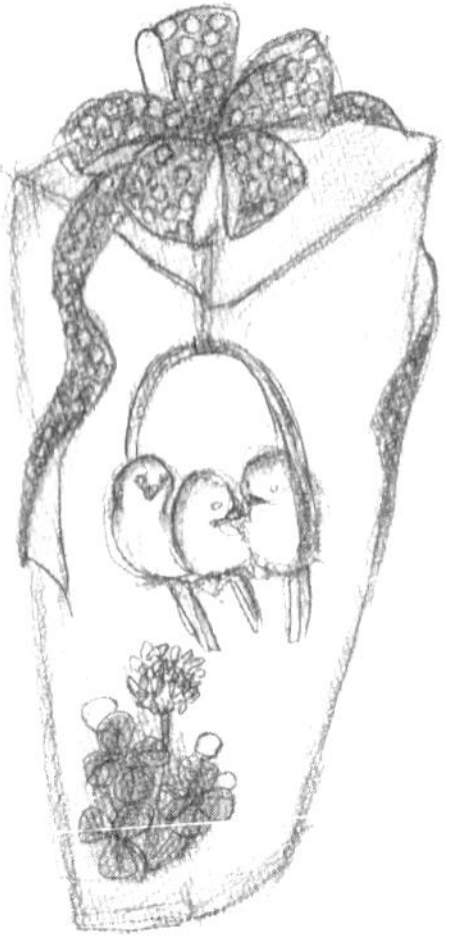

第七章

新しい旅立ち

再出発

昭和四十二年（一九六七）六月一日、おふくろは周りの方々の配慮で、働く場を提供していただいた。「働くことにより、夫を失った悲しみもまぎれるのでは」との周囲のあたたかい気遣いがあったのだと思う。

職場は、東北大学医学部図書館。事務補佐官としての採用である。顔見知りの人たちとお会いすることができる環境で、おふくろにとっては安心できる職場であったが、「専業主婦に図書館の勤務が務まるのか」という不安もあっただろうが「生きなくては」と必死に新しい職場に順応したことと思う。

この東北大学医学部図書館で思い出すのは、すぐそばに郵便局があり、おふくろは記念切手の発売日には、昼休みに郵便局に行って、記念切手のシートを買い求めていたことだ。清おじさんからの「切手集めは儲《もう》かる」「投資に値する」という洗脳があったためか、それとも幼いころ親父から受け取った、海外みやげの珍しい切手の影響だろうか、はたまた、私が小学校時代切手収集に熱を上げていたことを踏まえてだろうか。

おふくろの死後に、晩年を過ごした家の押し入れから、そうして買い集めた切手シートの山が出てきた。「宝の山発見」と心が躍り、清おじさんにも連絡し、二人でそれを見て興奮した。「二人で山分けだ！」——ところが、欲の皮が突っ張り、より高く買い取ってくれるところを探しているうちに、「こんなことをして良いのか？」という気持ちが頭を持ち上げてきた。

二人で悩んでいたら、勝二おじさんが「教会に切手趣味の会がある。有効に活用するから俺にくれ」という。二人とも断ることができず、切手のファイルをすべて渡した。きっと慈善団体に寄付され、おふくろの気持ちが役立ったことと信じている。

司書を目指して勉強に励む

おふくろの勤務がスタートして、前向きに勉強を始めた。まず、どこにどんな本があるのかを頭に入れなければならない。日本語の蔵書だけではなく、外国語の本も多い。それも英語ではなく、ドイツ語やフランス語などの書籍も多い。

最近になって、図書館内の蔵書ロケーション一覧表が出てきた。新着の雑誌や医薬一般の蔵書もさることながら、学部や講座、診療科、研究所等の分類もされていたようである。冒頭にあるのは、医学（M）解剖学共通（M-ANA、医-解）、解剖学第1（M-ANA1、医-解1）解剖学第2、解剖学第3、生理学、病理学、細菌学――、薬学科、病院中村内科、鳥飼内科、山形内科、槙外科――、中央検査部、付属学校、看護学校、分院、歯学部、研究所（温泉医学研究所、脳疾患研究所、抗酸菌研究所）――。一覧表を見ただけで、目が回ってくる。

英語にも慣れなければならない。ロケーション一覧表のM-ANAは、Medical（医学）のM、ANAはAnatomy（解剖学）のANAである。薬学科はPharmacyのP、歯学部はDentalのD。おふくろの単語帳も出てきた。外国語のサインにも不慣れだったようである。KIMIKO（fore name, first name）OKUI（sur name, last name）これに加えて、middle name, second name, Cristian name があるとメモしている。これは、晩年に趣味となった海外旅行に大いに役立ったのではと思う。

図書館の勤務には、「司書」という資格が必要である。

司書の主な職務内容
1　図書館資料の選択、発注及び受け入れ
2　受け入れ図書館資料の分類及び蔵書目録の作成
3　目録からの検索、図書館資料の貸出及び返却
4　図書館資料についてのレファレンスサービス、読書案内
5　読書活動推進のための各種主催事業の企画、立案と実施
6　自動車文庫による巡回等の館外奉仕活動の展開など

司書補の主な職務内容
上記のような司書の専門的職務を助ける事務に従事。

おふくろは、まずは、図書館員の資格である「司書補」を目指した。実際の仕事は、受け入れ図書館資料の分類及び蔵書目録の作成、目録からの検索、図書館資料の貸出及び返却、図書館資料についてのレファレンスサービス、読書案内な

どであったであろう。四十を過ぎた身には負担が大きかったのではないかと思われる。

しかし、図書館学の講義を受けたのであろうか、分厚いバインダーに受講時のノートが残っている。たしかこの頃から、ＮＨＫの基礎英語会話のテキストを買い始めた。おふくろの女学校時代の英語のテキストも一緒に置いてあったことを覚えている。

書庫にて

少し余裕が出てきた表れか、おふくろは図書館のコピー機で自分の掌《てのひら》の写真を撮る悪戯をして、そのコピーが残っている。仕事以外にも目が向くようになってきたのだ。しだいに、職場の仲間とも遊びにいくようになった。

「コンピューターおばあちゃん」

頑張り屋のおふくろは、「図書館勤務をするのには資格が必要」と、司書補の資格を取得するための勉強を始めた。

まだコンピューターが普及していない時代だったが、コンピューターの勉強も始めた。創刊号だっただろうか、『ＢＩＴ』という雑誌を家に持って帰り、「コンピューターは二進法を使うの、電源のオンとオフが『０』と『１』に対応していて演算をするのよ」と教えてくれた。その時のおふくろの誇らしげな顔を今でも思い浮かべることができる。おかげで私もコンピューターなるものを早くに知り、人より一歩先を行

デスクでコンピューターを打つおふくろ

く心構えをおふくろに教えられた。そんなおふくろは後々、孫から「コンピューターおばあちゃん」と呼ばれるようになる。

新しい職場にも、おふくろらしくいち早く馴染んで、素敵な友達をたくさんつくった。おふくろよりも年下の女性と仲良しになり、昼休みに一緒にお弁当を食べた話をうれしそうに聞かせてくれた。その方の実家近くの山形のサクランボ園に、サクランボ狩りに行った。脚立を跨いで手を差し伸べ、青空をバックに宝石のようなサクランボを、ポリ容器に入れた塩水に浸してから頬張るという幸せを味わったと喜んでいた。

仕事では、決められたことを行うだけではなく、如何に忙しい医師の役に立つかを常に心掛けていた。医師の先生方は、外来・病棟の診察で疲れ切って、なおかつ研究の仕事もしなければならない。そんな医師の先生方のために、たとえば、医師からの文献複写依頼については、「事務的な文献検索」ではなく「痒いところに手の届く文献検索」を目指して努力した。

依頼を受けた医師がどんな研究をしているのかは、文献検索のタイトルを見れ

職場の仲間と

ばわかる。文献検索というのは、現代であればコンピューターを使って簡単に検索できるのであろうが、申込用紙に雑誌名、論文のタイトル、著者、ページ数を詳細に書かなければならない時代、結構な作業である。検索の依頼を受けて図書館の蔵書から雑誌を探し、書架から梯子を使って取り出し、コピー機でコピーをして医者に渡すので、体力もいる仕事である。図書館にない本は取り寄せになる。

しかしおふくろは、忙しい医者の勉強に少しでも役に立とうと、新着の学術雑誌の到着情報もしっかり把握しようとした。くりかえすが、臨床医であると同様に研究者である医師は、時間の余裕がない。この親切さによって、おふくろは医師からの厚い信頼を受け、おふくろ指名で文献検索を依頼する医師も増えたそうだ。

それぞれの道へ

親父の亡くなった日に、私の現役大学受験が失敗に終わった。勝二おじさんは、「お前は長男で、静岡で学生生活を送るのは適切ではない」といって、二期校の受験をさせてくれなかったので、浪人が決定した。仙台一校では、浪人生を一年間面倒を見てくれる「茶畑短大」という予備校のようなものがあったので、そこに世話になることにした。

親父をがんで亡くしてから、「親父の仇を取ってやる」という気持ち、復讐の念のようなものがしだいに頭をもたげてきた。親父は、以前から親と子は同じ職業に就くべきではないと言っていた。そんな理由で現役は理学部に願書を出していたがその禁を破って2年目は、東北大学医学部薬学科に願書を出した。本来であれば医学部医学科に願書を出すべきであるが、自信がなかったし、さすがに二浪することはできない。しかし、無事に東北大医学部薬学科専攻に合格することができた。妹は、宮城学院女子大学でピアノ科を専攻、それぞれが新しい道を歩み始めたわけである。

親父の仇を取るぞと入学した私であるが、入学すると、学業より部活に精を出した。東北大学医学部のスキー部に入部したのだ。医学部の先輩が本学スキー部の部員でもあり、入部を勧められた。

笑顔を取り戻した3人

本学スキー部に入ると「お前のような技量では、到底試合にも出られないと思う。お前はずんぐりむっくりで、ノルディックスキーのジャンプに向いている」と言われ、やったことのないジャンプ部門に所属することになる。

スキーの試合は、成人の日と重なることが多い。合宿を経てインターカレッジ・スキーチャンピオンシップに臨んでいると、宿舎に電報が

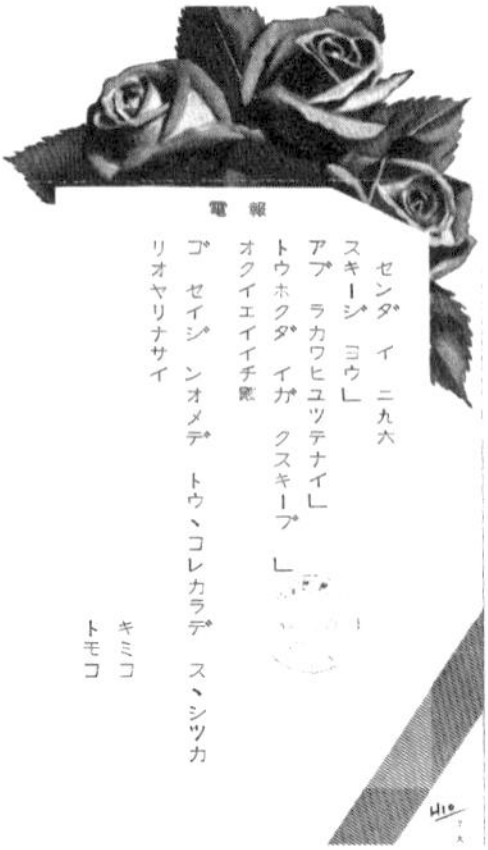

届いた。成人式のお祝いの電報である。スキーのジャンプは危険だから心配だわと反対していたおふくろが送ってくれた遠征先のロッジへの祝電であった。お袋も応援してくれていると心が温かくなった。

私は大学四年になり、将来を考えなければならない時期になった。四年時の衛生化学教室での課題は、「マンナンの〝Sarcoma180〟（動物のがん）に対する治療効果」だった。〝Sarcoma180〟をマウスの大腿部に移植し、マンナンを腹腔内に注射して、制癌効果を見る実験である。この〝Sarcoma180〟は不思議なことに、経口で投与しても作用は発現しないのに、腹腔内で投与すると大腿部に移植したがんが消える。人間への投与は、腹腔内は現実的ではないと思ったが、確実にがんが消えることに興奮した。親父ががんで亡くなったことも、私がこの研究に打ち込む理由の一つになったのだと思う。それと共に、自分は研究者として一生研究生活ができるかどうかの自問自答が始まった。

そんな夏休みのある日、日本航空が将来のパイロット不足を予想して、「大学教養部を終えていれば資格あり」というパイロット養成訓練生の一般公募の広告が目に入った。おふくろに内緒で東京へ行き説明会に参加した。

試験は六次試験まであり、難関公募だった。どうせ受からないだろうが、チャレンジする価値はあると思って応募した。しかし予想とは裏腹に、一次試験である一般教養をパスし、二次試験、航空身体検査、三次試験、飛行適性試験（ペーパー試験）、四次試験、面接試験と順次通過していった。

頻繁に東京へ出かけるようになった私をおふくろが不審に思ったのも無理はない。ついに「何をしに東京へ行っているの？」と質問された。嘘もつけずに正直に答えると、「何でそんなことするの」と怪訝そうだった。「最後まで通るわけないよ」と答えたが、なんと六次試験まで通ってしまったのだ。それと平衡して、大学院修士課程の受験にも合格。おふくろの嬉しそうな顔を覚えている。

そうこうするうちに年度末を迎え、大学院での研究生活に進むか、パイロットになるか、どちらかを選ばなければならない時期が来た。私は、「パイロットへの道を自分で閉ざすのは、一生悔いが残ると思う」と、おふくろに懇願したが、首を縦には振ってくれなかった。

悩んだ挙句に結局はパイロット訓練生の道を歩むことになった。私が進路に迷っているとき、おふくろは、親父と同じ研究者としての道を選んでほしいと痛切に願っていたそうだ。「可愛いお嫁さんをもらい、研究者として偉くはならなくていいから、長生きしてほしい」——心からそう願っていたそうである。

ところが、残念ながらそうはならなかった。息子が空を飛んでいると思っただけで落ち着かない。空飛ぶものは必ず落ちるとの思いがあり、心が落ち着かないが、息子が決めた以上は受け入れるしかない——「息子は徴兵にとられた」とあきらめたそうである。親の心、子知らず。親不孝な息子である。

親父の突然の死を受けてこれからの生活をどうするか、おふくろは途方に暮れたであろう。

周囲の暖かい心遣いで子どもたちの育英資金を集めていただいた。仕事も親父

の働いていた環境と重なる職場を紹介してくださった。子どもたちは萎縮することなくのびのびと育っていった、
子どもたちが不自由のない学生生活を送ることができたこと感謝である。
おふくろは持ち前の頑張りや野精神で毎日の生活に加えて、図書館の職員の資格である司書補の資格にチャレンジする。勉強の跡が分厚いノートとして残っている、
図書館概論から始まり、整理法、目録法、運用法、製本と修理……。加えて医学部の一般教養、解剖学をも勉強したようである。おふくろが五十歳を迎えた頃、余裕が出てきたのであろう。パスポートを取って妹の留学しているウィーンを訪ねる。初めての海外旅行である。以降、五十回全世界を巡る旅がはじまる。
どんなときにも笑顔を絶やすことのなかったおふくろ。愛と信仰のなせる業だと思う。

COOH

第八章

人生を楽しむ

妻として、母親としての人生を卒業して、おふくろはその時間をこれまでにできなかったことに注ぐことになる。

「人生、一生勉強」

おふくろは勉強家であった。おふくろの本棚を見ると、いろいろな分野の本が並んでいた。

まず目に付くのは、聖書関連の本である。毎週日曜日には必ず教会に通っており、聖書研究会にも参加していたので、その教材であろうか。朝のラジオ英会話のテキスト、歴史、哲学の本も並ぶ。

健康に関する本も散見された。おふくろは腰痛持ちで、椎間板ヘルニアに悩まされていたので、『確かな結果が出せる　バイタルリアクトセラピー——〝手の技〟を超えてゆくコンピューター最新治療システム）』（山﨑雅文著、現代書林）。「老い」にも深い関心を示していた。早いうちから「尊厳死協会」に所属し、「無駄な延命治療は私には、決してしてくれるな。そのお金があるのなら、あなた方が有益に使ってくれた方が私は嬉しい」と繰り返していた。『老いの才覚』（曽野綾子著、ベストセラーズ）、『続・死ぬまでになすべきこと――やっぱり自分だけが頼りです』（式田和子著、角川書店）、『「死にざま」こそ人生――「ありがとう」と言って逝くための10のヒント』（柏木哲夫著、朝日新聞出版）などにも影響を受けたのかもしれない。

さすが俺のおふくろ、息子だから趣味が合うのか、つい手に取ってみたくなる本がたくさんあった。おふくろにお願いして何度か借りたこともあるが、さすが、元図書館職員、返却を怠ると催促が来る――「借りたらちゃんと返しなさい！」と。

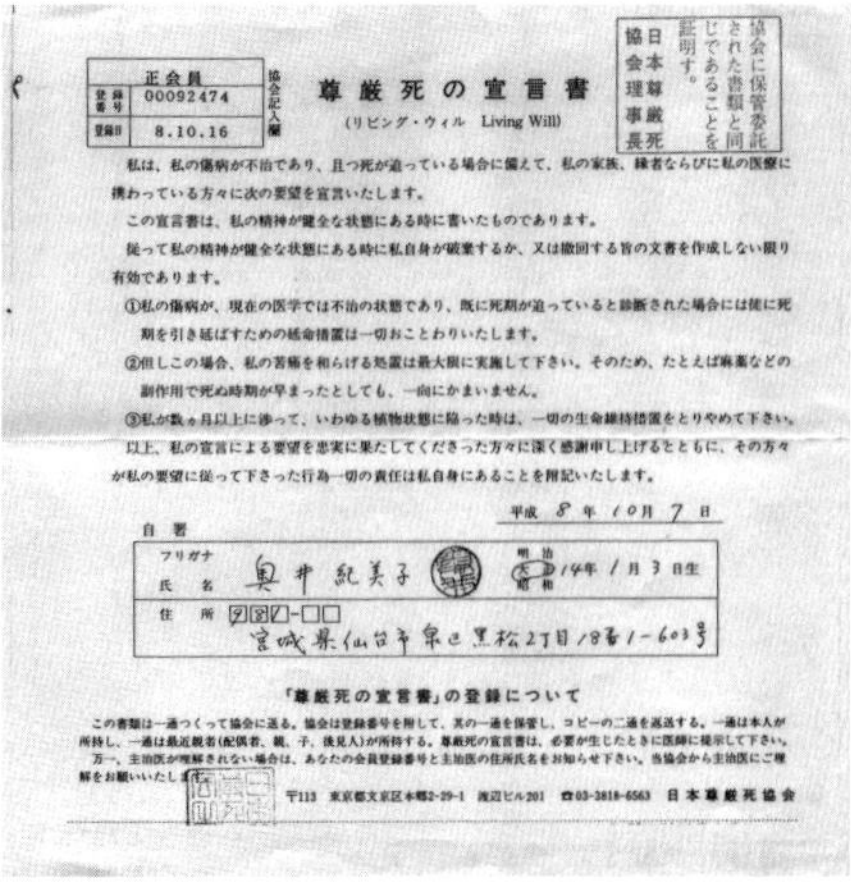

正会員
登録番号　00092474
登録日　8.10.16
協会記入欄

尊厳死の宣言書
（リビング・ウィル　Living Will）

協会に保管委託された書類と同じであることを証明す。
日本尊厳死協会理事長

私は、私の傷病が不治であり、且つ死が迫っている場合に備えて、私の家族、縁者ならびに私の医療に携わっている方々に次の要望を宣言いたします。

この宣言書は、私の精神が健全な状態にある時に書いたものであります。

従って私の精神が健全な状態にある時に私自身が破棄するか、又は撤回する旨の文書を作成しない限り有効であります。

①私の傷病が、現在の医学では不治の状態であり、既に死期が迫っていると診断された場合には徒に死期を引き延ばすための延命措置は一切おことわりいたします。

②但しこの場合、私の苦痛を和らげる処置は最大限に実施して下さい。そのため、たとえば麻薬などの副作用で死ぬ時期が早まったとしても、一向にかまいません。

③私が数ヵ月以上に渉って、いわゆる植物状態に陥った時は、一切の生命維持措置をとりやめて下さい。

以上、私の宣言による要望を忠実に果たしてくださった方々に深く感謝申し上げるとともに、その方々が私の要望に従って下さった行為一切の責任は私自身にあることを附記いたします。

平成 8 年 10月 7 日

自署

フリガナ 氏名	奥井紀美子　明治 大正 昭和 14年 1月 3日生
住所	982-□□ 宮城県仙台市泉区黒松2丁目18番1-603号

「尊厳死の宣言書」の登録について

この書類は一通つくって協会に送る。協会は登録番号を附して、其の一通を保管し、コピーの二通を返送する。一通は本人が所持し、一通は最近親者（配偶者、親、子、後見人）が所持する。尊厳死の宣言書は、必要が生じたときに医師に提示して下さい。

万一、主治医が理解されない場合は、あなたの会員登録番号と主治医の住所氏名をお知らせ下さい。当協会から主治医にご理解をお願いいたします。

〒113　東京都文京区本郷2-29-1　渡辺ビル201　☎03-3818-6563　日本尊厳死協会

テニス、海外旅行、発展途上国の支援

おふくろは、昭和六十二（一九八七）年三月に図書館勤務をつつがなく終えた。退職すると、自分の時間を持てるようになり、六十歳になってテニスを始めた。

そもそも体を動かすのが大好きな母親で、「私は生まれ変わったら体操の先生になるの」と言っていた。テニスでは「息子に勝つ」と真剣であった。周りの方々が自主運営するテニスクラブのメンバーになり、六十歳以上を対象とするスポーツの祭典である「全国健康福祉祭（ねんりんピック）」に出場することになった。

宮城では選手層が薄いのか、本当に実力があったのか、県の代表で全国大会に出場するようになり、それがきっかけで国内旅行の楽しさに目覚めたようだった。

私が大学を卒業して仙台を離れ、妹はウィーンへ留学し、おふくろは一人暮らしとなった。そんなおふくろを、おふくろの兄である康男おじさんが、よく海外

テニスをこよなく愛したおふくろ

旅行に誘ってくれた。旅好きの泰男おじさんは、夫婦でよく海外旅行に行っていたのだが、気配りか、おふくろにも声をかけてくださったのである。誘われると断れないおふくろは、当然のごとくこの誘いについていった。余談であるが、好奇心旺盛なおふくろが、友達の誘いを断る姿を見たことがない。

泰男おじさんはとくにスイスが好きで、何度もスイスへ行っていた。私もスイスが好きで、ヨーロッパ出張に絡めてしばしばスイスを旅したが、そんな私よりスイスに詳しかったほどだ。こうしておふくろは海外旅行の楽しさを覚えた。

親父を天国に送って以降、五十回は地元・仙台の仲間たちともツアー旅行に出かけていた。私も仕事柄さまざまな国に行ったが、おふくろが訪れた国々は私が訪問した国々よりも多い。海外旅行から帰ると、その地方のちょっと気の利いたお土産を買ってきてくれたものだ。そこで触発されたのか、海外に関する読書量も多く、『ユダヤ人とローマ帝国』(大澤武男著、講談社)、『イスラム世界を知る』(中屋雅之著、ヒルサイドパブリッシング)などの本を読んでいた。とくに後者は、旅行にも大いに役立ったようだ。

モノを捨てられないおふくろは、旅行の記録をよく残し、一冊のアルバムに纏めた。何月何日に仙台空港から旅立ったかが書き留められ、旅程表やエアーチケットが貼ってある。皆楽しさが伝わってくるアルバムである。親父を亡くして五十年、定年後から三十二年が経ったが、アルバムの数は五十あった。単純に計算すると、親父を亡くしてから年一回海外旅行をしていたことになる。「旦那が生きていたらこんなに海外旅行できなかったろうな」と、おふくろがぽつり

と漏らしたことがある。

おふくろの死後、遺品を整理していたら、おふくろの顔写真の入った紙のマッチが出てきた。裏を返すと、"BAL DU MOOLIN ROUGE" PLACE BLANCHE, PARISとあった。

パリ滞在中に寄ったのであろう、かの有名な「ムーラン・ルージュ（赤い水車）」のサービスか、それとも店内で勧められて、有料で記念につくったのか。酒を飲んだときの素敵な顔のおふくろが写されたマッチである。

ふだんは節制していたが、楽しむときは徹底的に楽しむおふくろであった。家計簿を毎日つけていて、一日に使ったお金をつけていたが、一円でも合わないと銀行員のように深夜まで調べ、お金の用途を思い出そうと躍起になっていた。几帳面な性格だった。ちなみに平衡感覚も抜群で、壁に掛かっているカレンダーや額縁が少しでも曲がっていると落ち着かず、すぐに直しに掛かる。平衡にすると落ち着くようで、酒を飲み始めると「これで悪酔いしない」とよく言っていた。

そんなおふくろが、ある時嬉しそうに、「私、海外に子どもがいるの」と言い出したことがある。写真を差し出され、見ると黒人の子どもの写真と幼児の絵とが写っていた。どうやら、世界の子どもを支援する「チャイルド・スポンサーシップ」に登録したらしい。一年に一度、支援地域に住む子どもの写真付き成長記録が届く。彼らと手紙でやり取りすることができて、その子を訪問することもできるそうだ。

とはいえ、月に四千五百円の寄付金が必要なので、年金生活者にとっては安い金額ではない。それでも、〝いつか子どもに会いに行くんだ〟と嬉しそうに言うおふくろを見て、誇れる母を持ったことを感じた。誰にも迷惑をかけずに、自立した人生を送る。他人の不幸には出来る範囲で助けてあげたい――そんな人生との向き合い方を、自然におふくろに教えてもらったという実感がある。

三つの「親孝行」の贈りもの

そんなおふくろに親孝行をしなくてはと、バカ息子から三つの旅のプレゼントを贈ったことがある。

まずはじめは一九九八年、私と私の妻とおふくろとの三人で、イタリアのローマから列車で巡るヨーロッパの旅である。仕事で知り合ったイタリア好きの友達から貴重な情報を集め、アレンジして旅行計画を立案し、ご招待旅行として提案した。

平成十（一九九八）年七月二十六日、ＡＮＡ１４１便で関西空港へ、乗り継いでＮＨ１２１７便でローマへ。ファーストクラスでの旅行である。ローマに到着すると、ホテルアレクサンドラにチェックインし、早速ホテルの周りやヴェネト

おふくろの主な海外旅行の記録

1975年７月～８月	友子を訪ねて、ウィーンへ。
1980年	長谷川淳さんを訪ねて、アメリカへ。
1985年12月29日～1986年１月２日	泰男・勢也とチャンギーに父・鼎三の墓参りへ。
1985年８月９日～20日	泰男夫妻とスイスへ。氷河特急とアルプスを楽しむ。
1988年１月10日～17日	泰男夫妻とニュージーランドへ。
1988年８月11日～23日	泰男夫妻とイギリス、スコットランド、イングランドへ。
1990年４月	相田家族を訪ねて、アメリカへ。
1991年４月25日～５月６日	オランダ、ベルギーへ。
1992年１月15日～21日	エジプトへ。
1993年８月３日～15日	チェコ、ハンガリーへ。
1993年12月13日～20日	フィジーへ。
1995年９月28日～10月３日	中国・西安、北京へ。
1996年３月23日～４月３日	イタリア・シシリー島へ。
1996年６月16日	兄弟と、父・鼎三の２回目の墓参としてシンガポール・チャンギーへ。
1996年７月14日～24日	第三高女34回生と、スイスへ。
1997年８月11日～18日	母子三代でオーストリア・ウィーンへ。
1997年10月24日～11月２日	ランデスさんを訪ねて、アメリカ・テネシー州へ。
1998年３月23日～４月３日	ポルトガル周遊の旅へ。
1998年７月26日～８月９日	栄一夫妻とイタリア・スイス・ドイツ周遊へ。
1999年３月４日～12日	フランス・プロバンスへ。
1999年11月14日～19日	テニスの仲間とハワイへ。
2001年４月５日～15日	ピレネー南麓とカタルーニャ地方へ。
2001年10月５日～８日	凛々会メンバーと台湾・台北へ。
2002年２月６日～13日	マレーシアへ。
2002年４月27日～５月５日	中国・四川へ。
2002年10月８日～17日	ベルギー・アルデンヌ地方へ。
2003年１月13日～18日	タイへ。
2003年５月28日～６月６日	川端純四郎先生と、バッハゆかりの地へ。
2003年７月29日～８月６日	オーストリア・チロル州へ。
2004年４月１日～９日	イタリア・サルデーニャ島、エメラルド海岸へ。
2004年10月20日～24日	小寺朝子さんを訪ねて、中国・上海へ。
2004年12月30日～2005年１月６日	栄一・睦と、アメリカ・ニューヨークへ。
2005年７月15日～26日	フランス・アヌシー河畔とアルプス山麓へ。
2006年１月31日～２月５日	小寺朝子の別荘を訪ねて、ハワイ・ホノルルへ。
2006年４月４日～16日	クロアチア、スロベニア、モンテネグロへ。
2006年８月18日～26日	スロベニアへ。４つの世界遺産を訪ねる。

2007年３月14日～17日	アモイ・コロンス島へ。
2007年７月５日～14日	中国へ。世界遺産の九寨溝と黄龍を訪ねる。
2008年１月22日～28日	ラオスへ。
2008年７月２日～14日	スイス・ミューレンへ。アルプス絶景の村を楽しむ。
2008年11月２日～９日	栄一とフランス・ボルドーへ。シャトーを巡る。
2009年２月20日～26日	神戸ローンテニスクラブの企画でハワイへ。テニスを楽しむ。
2009年５月１日～４日	韓国へ。宋朝大祭を参観。
2009年８月11日～18日	フィンランドへ。
2009年11月11日～17日	中国へ。漓江の絶景を楽しむ。
2010年４月16日～23日	アイスランドへ。火山を楽しむ。
2010年８月17日～25日	ドイツ・南部地方とミュンヘンへ。
2011年12月１日～６日	バリ島へ。

通りを散策した。蜂の噴水を見て、ローマに来たことを感じた。路上のテラスレストランでワインをボトルで注文して、旅の安全を期して乾杯した。

翌日からは、バチカン市国、サンタンジェロ城、ナボーナ広場。トレビの泉、フォロ・ロマーノ、サン・ピエトロ寺院……。これぞローマといえる工程である。ローマ市庁舎では『ローマの休日』ごっこ。俺はグレゴリー・ペック、おふくろと妻はオードリー・ヘップバーンになったつもりで、映画の「真実の口」のシーンを再現した。三人で、公共交通機関を使わずによく歩いた。そして夜はよく飲んだ。

ローマ最後の夜には、レストラン「サン・スー

シー」で豪華なディナーを食べた。フィレンツェ、ヴェネツィア、ミラノ、コモを巡り、スイスへ向かった。マンハイムに住む従妹の家族を訪ね、宿泊。近所の公園を案内してもらったり、家庭料理をご馳走になったり、また趣向の違う旅を体験した。

次は平成十六（二〇〇四）年、私と私の娘とおふくろとの三人で、年末・年始のニューヨーク、ダウンタウンに行った。きっかけは、私の娘の「ニューヨークへ行きたい」という一言だった。私は仕事でニューヨークには何度も行っており、これは親父の凄さを見せる絶好のチャンスだと意気込み、綿密な計画を立てた。思い出をより一層印象的なものにするためにおふくろも誘ったのだが、「娘と二人の旅行に私も行ってもいいの？」と口では遠慮しながらも、行きたい気持ちを体全体で表現していた。

十二月三十日の十二時に、ＪＡＬ００６便で成田を出発し、ニューヨークに同日の十時十分に到着した。ニューヨーク・マリオット・イーストサイドホテルにチェックイン。はす向かいはウォルドルフ・アストリアホテルで、これは歴代の首相が宿泊する高級ホテルである。その日はロックフェラーセンターを散策し、当時人気のステーキハウスBOBBY VAN's Steakhouseでプライム・リブステーキを注文した。おふくろが本場のステーキの厚さに感動していたのを覚えている。

翌日は、娘の希望であるグッゲンハイム美術館を皮切りに、地下鉄に乗ってニューヨークのダウンタウンへ行った。船着場からフェリーに乗り自由の女神へ。夕方、ブロードウェイ・ミュージカル〝MAMMA MIA!〟を鑑賞し、それから大晦日の交通規制の警戒の厳しくなったタイムズ・スクエアへ向かった。タクシー運転手の知識を頼りに、出来るだけタイムズ・スクエアに近い場所で降ろしてもらい、新年のカウントダウンを待った。大晦日のニューヨークは流石に寒い。身を寄せ、足踏みをして寒さを堪えた。

年が明けてからは、『地球を歩く本』を参考に、閉館日に気をつけながら作成した「お上りさんリスト」に従って、しらみつぶしにニューヨークを歩き回った。地下鉄もフルに活用し、メトロポリタン美術館にMOMA美術館、エンパイアーステートビルの最上階のレストラン、ウォール街、国連本部……。NBAのバスケットも観戦し、もりだくさんの旅程であった。

この旅での私のとっておきの切り札は、リバーサイド・カフェである。ハドソン川の河畔にある、橋の下の雰囲気の良いカフェで、ワインで乾杯した。おふくろが、息子と孫を両手に、店員に写真を撮ってもらった。

三番目の親孝行

そして平成二十（二〇〇八）年には、ワインスクールが主催した「ボルドー・シャトー巡りの旅」である。私の通勤の道筋にあったワイン教室で、「ボルドー・シャンパーニュの旅」の企画があり、おふくろと二人で、ワイン教室の校長が企画したシャトー巡りの旅に参加することを決めた。もちろん、試飲も旅行程に入っている。「ご招待」と提案した時のおふくろの嬉しそうな顔。口では「いいの？」と言いながらも、早くもワインに酔っているようであった。

十一月二日に成田空港第一ターミナルのカウンターに集合し、十二時四十分発のエールフランス航空AF275便でシャルル・ド・ゴール空港へ。それから国内線に乗り換えて、ボルドーへ向かった。翌日、世界遺産でもあるサンテミリオンへ。ついにワイナリーを訪ねると、おふくろは誰よりも試飲を楽しみにしていた様子で、好奇心丸出しである。真っ先にテーブルに着き、試飲のワインが運ばれてくるのを待つ。

シャトー・ローザンセグラ、シャトー・カロン・セギュール、シャトー・ムートン・ロートシルト、シャトー・ラグランジュを巡り、シャトー・オーブリオンでも試飲。それからTGVでパリに移動し、シャンパーニュ地方を訪れ、ひときわゴージャスなメゾンを訪問した。

クリュッグでの試飲では、バーカウンターの様な高い机に高い椅子、おふくろにとっては座るのに大変で、まるでロッククライミング気分を味わえる椅子である。おふくろは真っ先に試飲を始め、お代わりをしたのだろうか、酔いが回ってバランスを崩したらしい。なんと、高い椅子ごと転倒してしまった。私が傍にいなかったので、ツアー仲間が私に即刻通報に来た。「お母さんが大変！」――しかし、天性の運動神経が幸いしたのであろうか、大事には至らず、私が駆け付けたときには必死で何事もなかったかのようにふるまっていた。

「親の心、子知らず」というが、私も子を持つ親の身になって、つくづくその言葉を痛感するようになった。この大きな三つの旅行のプレゼントは、私の償いでもある。おふくろのアルバムを開くと、「Eよりプレゼントの旅」と記されているページに、旅程や入館した美術館、航空券の半券等が綺麗に整理されていた。それを見て、心から「よかった」と思った。

おふくろからの手紙

おふくろの遺品を整理していたら、一枚のおふくろの手紙が目に付いた。おふくろの字はすぐ判る。女性らしい綺麗な字で、メモや季節の挨拶、節目の挨拶、家族への手紙を見ても、几帳面で心が籠もっている。

その手紙には、こう書かれていた。

急に暑くなりましたね。

クーラーがチェロに化けてしまったので、暑いことでしょう。でも下界よりは楽なのではないでしょうか。

むっちゃんは衣装持ちなのはわかっているんですけど、ちょっと見かけると何となく買いたくなって困ります。

赤いランニングには白パンツが似合うと思います。

クリスマスの靴下は時節外れですけれど、先日、洋服の詰め替えをしていましたら出てきました。これはむっちゃんのおじいちゃまがアメリカへ行った時のお土産ですので大切にして下さい（虫に喰われないように）。又、忘れるといけないので一緒に入れます。

あとは、有り合わせの焼きのり、梅干し（夏まけせぬように）を入れました。独

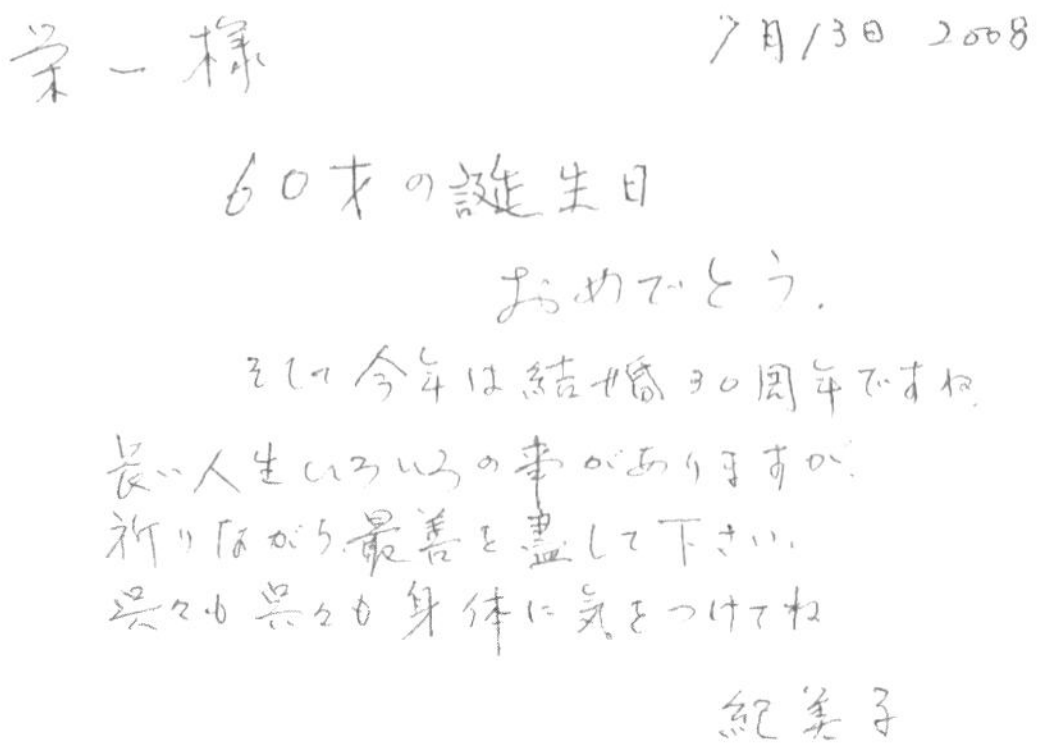
栄一様　7月13日 2008

60才の誕生日

おめでとう。

そして今年は結婚30周年ですね。

長い人生いろいろの事がありますが

祈りながら最善を盡して下さい。

呉々も呉々も身体に気をつけてね

紀美子

栄一60歳のバースデーカード

楽は鳴子のお土産。

栄一のＪＡＬ時代のパイロット用マフラーが出てきました。記念に取っておくのか、捨てていいのか適当にお願いします。

チェロというのは、実は私が、あるときクーラーを買いに行って、何を思い違いしたのか、その予算でチェロを買ってしまったことがあった。そのチェロは今も私の枕元に鎮座しているが、最近はとんと触っていない。時折焼きもちを焼くのか、私の寝相が悪いのか、頭のところに倒れてきてびっくりする。

おふくろは、定年を迎えてとても嬉々

としていたようであった。「すべてやるべきことは果たした、これからは、好奇心の赴くままにやりたいことだけをやっていく」――そんな解放感を全身で表現していたような気がする。それまでは妻として、母親として人生を過ごしてきたが、良妻賢母としての重荷をかなぐり捨て、これからは自分の人生を楽しむ。そんな思いがあったのであろうと思う。

「人生、一生勉強」といって、生涯学習の学校へ通い、その卒業証書を大切にしまっていた。

「生まれ変わったら体操の先生になる」と言い、テニスやスキー、山登りなど、お声がかかれば積極的に参加し、グループの一員として貢献したおふくろ。兄夫婦から旅行の誘いを受けると、口では「夫婦お二人で行けばいいのに」と言いながら、旅行に同伴するおふくろ。友人からツアー旅行のお誘いを受けると、二つ返事でオーケーするおふくろ。「こんなに遊びまわっていていいのかな？　申し訳ないような気がする」と、折に触れて口にしていた。

そんなおふくろに私は言った、「なんのなんの。病気がちとか、認知症でつきっきりの介護が必要とか、いつも健康を心配しなければならないようなおふくろだったらもっと大変だよ。なんと息子孝行な母親でしょう」。おふくろは言った。「亭主が生きていたら絶対にできない生き方ね」。

すべてにポジティブ・シンキングなおふくろ。こんなおふくろを誇りに思う。

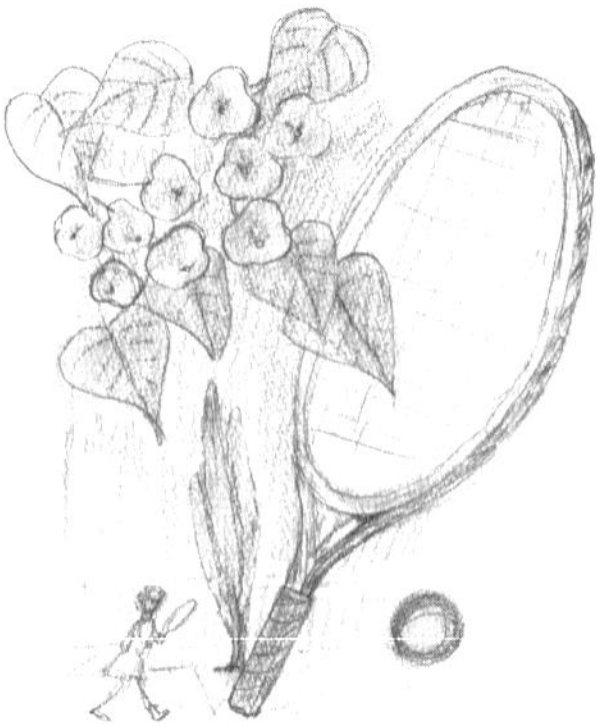

第九章

天に召されて

東日本大震災とその後

平成二十三年（二〇一一）三月十一日、おふくろの住む仙台を東日本大震災が襲った。そのときおふくろは、仙台の中心部、勾当台公園の近くの仙台タワービルの十階で旅行会社の説明会に参加していたそうだ。揺れがやっと収まって事の異常さを判断し、公共交通機関を頼らずに、自宅まで五キロメートル程の道を一人で歩いて帰ってきた。おふくろは当時八十六歳だったが、それくらい元気でしっかりしていた。

私も地震後一ヶ月は妹の家に借り住まい、電気・水道・ガスがすべてストップし、余震が続いて不安な日々を送った。おふくろがいてくれて、本当に心強く思った。

震災の影響も落ち着いたころ、妹の友子から電話があった。「最近、紀美子さんの様子がおかしい」という。あんなに几帳面で、寝る前に戸締りと火の元を必ず確認してから寝ていたおふくろが、やかんの空焚きをしたりする失敗をするようになってきたようだ。

それからしばらく経った平成二十五（二〇一三）年一月、おふくろが米寿を迎えた頃のことである。おふくろの物忘れはだんだんひどくなり、食事の用意が面倒だと言い始めた。妹がそんなおふくろを心配し、朝電話をしても、電話に出ないということも増えた。不安が募っておふくろの住む家に飛んでいくと、いつも通りの暮らしをしているということもしばしばだった。

耳も遠くなってきて、会話に不自由を感じることも多くなってきた。おふくろ自身にとっても不都合があるだろうから、補聴器の装着を勧めるが、「私は大丈夫」と、頑として受け入れない。「相手が困るケースもあるんだよ」と諭しても、決して耳を貸そうとしなかった。

最近は、メガネ屋に行くと補聴器も売っている。聞くところによると、メガネよりも補聴器の方が収益性が良いらしく、成程と思った。メガネはピンキリで、安いものから高いものがあるが、補聴器のピンキリの幅は、メガネの比ではない。いろいろな機能がついていて、周波数を限定して人の声のみ拾って、雑音はカットするような最高レベルの補聴器は、耳を疑うほど高い。だが、私はおふくろに不自由な思いをさせたくなかった。快適な生活を送ってほしかったので、値段に拘らず気に入った補聴器を買うように勧めたが、おふくろのプライドが許さないのであろう、おふくろは決して譲らず、とうとう補聴器を購入しなかった。

介護付き施設への入居

そんな様子のおふくろだったので、一人暮らしを続けさせるのに不安を覚え始め、介護付き賃貸マンションを薦めるが、やはり「一人で大丈夫」と言う。妹も、「介護施設に入るとかえって老化が進み、認知症の症状が多発する」と聞いていたので、薦めるべきか否かを迷っていた。

しかし、孤独死の不安も募るばかり。ついに妹は介護付き施設の情報を自ら集めるようになり、自分の住まいに近い施設の広告が出ると、下見に行くようになった。

そこで何件かおふくろに合うと思われる施設を見つけてはおふくろに薦める

が、おふくろは下見にすら行かない。そんななかで、とうとうおふくろに合った理想的な施設が見つかった。その介護付きマンションは、妹の家から車で十分以内の好位置で、頭金の必要はなく、アパートを借りる程度の費用で入居できるようだ。問い合わせてみると、なんと残り一室だった。

　さっそく妹がおふくろにこの施設を薦めたが、やはりまったく興味を示さず、「食堂のすぐ前にあって落ちつかなそうだからいやだ」と言う。ふだんは私たちの勧めに「ノー」とは言わないおふくろだったが、こんなに手を焼いたのは初めてであった。これ以上強く薦めると喧嘩になりそうなので、妹はほとほと困り、とうとう私に電話してきた。「お兄ちゃんからも背中を押してよ」との要請である。

　そこで、私たちは戦略を立てた。敷金などはさほど高くなく、おふくろの年金内の金額でやりくりできそうであることに注目して、次のようにおふくろに諭した。

「ちょっと贅沢に、居場所をふたつつくったらどうだろうか？　どっちでもおふくろの居たい方を選べばいいよ。今は一人暮らしをしていても全然問題がないけど、やがてその時がきっとくるよ。幸い、今住んでいるマンションの借金はないし、年金も貰っていて少し余裕がある。つまり、自宅と施設と選択肢を二つ持つ余裕があるんだから、いま入居の権利を保有していた方がいいと思う。誰の世話にもならないで、おふくろの資金内でやっていけるよ。新しい場所で気の合った友達をつくればいい。いざ必要になった時に、今の条件の物件はなかなかないよ」――

おふくろは積極的ではなかったが、ついに同意して、その施設への入居が決まった。入居前の四月に、おふくろと妹と妹の主人との三人で、南紀・白浜に旅行をした。これが、おふくろの最後の旅行になった。

入居を決めた施設は、新築のサービス付き施設で、一部屋を賃貸契約する。部屋は、一人暮らしの老人が快適に過ごせる設計になっていて、炊事や洗濯、風呂など、ワンルーム内で完結できる。独身者のワンルームマンションといった感じである。クローゼットに調理コンロ、風呂、ベッドが付属していて、なかなか快適そうであった。食堂がついているので、炊事が億劫になってきたら、予約をすれば食事ができる。私も仙台に帰ったときは、できるかぎり、その施設の昼食を予約して一緒に食事をするようにしていたが、座る席が決まっていて、日常の温かい雰囲気が感じられる食卓であった。

施設には医療・介護スタッフが常駐し、医師は居住者を定期的に訪問してくれる。異常があったときのために、緊急連絡ルートが確立している。居住者に合わせた予算で、サービスの範囲を拡げることができた。

新しい環境に適合するおふくろの才能は衰えておらず、すぐに新生活に馴染んだ。友達をつくるのはもともとお手のものだ。施設内に仲間ができて、デイケアサービスにも通い始めたが、そのうち誘われても行かないようになった。この施設の居心地が思ったよりもよかったのかもしれない。

しかし私は、だんだんと骨皮筋右衛門になっていくおふくろを寂しく眺めていた。「私の理想は、若いころはスリムでかっこよくて、年を取ったらふくよかで温かみのあるおばあちゃんだったのに、いまはその逆で悲しい」――おふくろが還暦を過ぎるころ、こんなふうにぼやいていた。

しぶしぶながらに転居を決めたおふくろであったが、実際に生活してみると気に入ったようで、それまで一人暮らしをしていた黒松のシティハウスに帰るとは、一度も言わなかった。「お兄ちゃんが言うと違うね」と、妹が私のことを久しぶりに褒めてくれた。

近づく死の影

転倒による大腿部骨折で入院し、寝たきりになった老人の話というのをよく聞くが、妹はその類いの話に敏感だった。私たちの祖母も風呂場で転倒して寝たきりになったという事情もあるかもしれない。そこで妹は、おふくろが絶対にそんな事態にはならないように、細心の注意を払っていた。バリアフリー対策、室内に手すりを設けるなど、考えられる予防策を先手を取って施していた。

しかしそうした予防策も、体力の衰えには勝てなかった。おふくろは平成二十七（二〇一五）年一月に卒寿を迎えたが、その月の末に転倒し、左大腿骨を骨折。妹の悔やむこと、悔やむこと——妹を慰めるのに苦労した。

おふくろは手術し、入院することになった。それ以来急激に体力が衰え、認知症が進んだ。足のほうは、支えれば歩けるまで回復したのだが、それ以降も腰の圧迫骨折を数回繰り返し、少しずつ寝たきり状態になっていった。それまで人一倍元気だった母は、自分の状態を受け入れるのが、さぞや辛かったことと思う。「もういい、悲しい」と繰り返すようになったが、その一方で「私は本当に幸せね」、「ありがとう」と何度も言ってくれた。私も、月に一度は仙台へ帰るようにした。介護認定のとき、俺が帰っておふくろと話をするとしゃんとしていて、妹が悔しがった。

もちろん、おふくろ自らリハビリにも努めたが、骨折で入院してからは、坂道を転げ落ちるように、体力も気力も衰えていった。「トイレは自分で行く」という気持ちがあるので、一人で無理なくトイレまで歩いていけるように、短い間隔で手すりをつけた。自分で風呂に入ることができなくなったので、補助機器の助けを借りて入浴するようになった。あるとき私がおふくろの入浴の準備をしていると、おふくろが「男の人は部屋から出て行って」と言った。こんな状態になっても「女」と「男」を意識していて、「さすが俺の母親」と感心した思い出がある。

妹は、リハビリで何とか衰えを遅らせようと努力した。手でグー、チョキ、パーをつくり、「さあ、やってみて」とおふくろに促すが、「うるさい！」と返される。そんなときの妹の悲しそうな顔を今でも思い出す。

私が面会に行き、昼食の後に「日光浴をしようか」と車いすでおふくろを連れ出したことがある。しかしおふくろは、すぐに「もう帰ろう」と言った。「もう十分に生きたからいいの」——なんでも好奇心を示したおふくろの変わりように、寂しさが込み上げた。

最期のとき

そんなおふくろも、外界への関心がいよいよなくなり、目を閉じて寝ている時間が長くなってきた。私も妹も天寿を全うするときが来るなと感じ始め、施設内のケアマネジャーや担当医とも話をしなくてはと、その機会を探った。

ケアマネジャーとの面談では、入居以来のおふくろへの手厚い介護への感謝を伝えるとともに、おふくろの今後をどうするかを話し合った。おふくろは尊厳死協会の会員であり、「無理な延命をくれぐれもしてくれるな」と私たちにつねづね言っていたことを彼に告げた。担当医にもその旨を伝えたところ、「容体が悪くなったときに、救急車を呼びますか？」と問いかけられた。どう返事をしてよいものか思案し、答えられずにいたが、先生は次のように言ってくれた。

「救急車で搬送されると、救命措置を自動的に開始することになります。急患のある場合は優先順位が低いので、廊下で待たされることになりますよ。それよりは、この施設内で友達やスタッフの皆さんに看取られて最期を迎える方が、良いのではないでしょうか」

その言葉に私と妹は、「よろしくお願いいたします」と即答した。おふくろが天に召されたのは、その二週間後の深夜のことであった。

その三ヶ月前、平成二十九（二〇一七）年四月六日におふくろは、痰が絡んで呼吸困難になり救急車で病院に運ばれ、二週間入院した。

「誤嚥性肺炎」と診断され、その後はミキサー食になったが、痰がひどく絡み、ものがうまく食べられなくなっていった。少しでも食べやすいものをと思い、プリンや水ようかんを差し入れしたが、ほんの一口をうれしそうに食べても、すぐに痰が絡んで苦しそうにする。本当に切ない思いだったが、おふくろと二人で「神にゆだねようね」と話した。

退院後は痰吸引や点滴をしながら様子を見ていたが、七月九日からは意識は朦朧として、覚醒状態に戻ることはなかった。そして七月十二日〇時四十四分、木が枯れるように、静かに、安らかに、おふくろは天に召された。

スタッフの話によると、夜八時の見回りでは異常はなかったが、朝の巡回で息を引き取っていたとのことである。おふくろの今後のことを事前にしっかり相談しておいてよかったと思った。その後のスタッフや担当医の皆さんの対応には、本当に感謝の一言である。

おふくろの死は、暗いものではなかった。天寿を全うした明るい死だった。おふくろは「ありがとう」を言うのが上手く、施設の職員の方々や食堂のスタッフ、ヘルパーさんに、タイミングよく爽やかに「ありがとう」と言う。見ていても気持ちが良い。きっと、心からの言葉だから人の心に届くのであろう。そのためか、「良いお母さんでしたね」と、皆さまが言ってくれるのがありがたかった。

以下は、妹がおふくろの死後に綴った言葉である。

２０１１年3月11日の東日本大震災のとき、仙台市内のビルの10階から自宅まで５㎞ほどの道を、一人で歩いて帰ってきた元気でしっかりしていた86歳の母でした。地震後1ヶ月、我が家にいましたが、電気、水道、ガスがストップし余震で不安な日々、母がいてくれて本当に心強く思いました。

２０１３年1月に米寿を迎えたこと、物忘れがひどくなり、食事の用意が面倒だと言い始め、一人暮らしに不安が出てきたことから、6月に私の家から車で5分位のところにできたサービス付高齢者向け住宅に入居しました。入居前の4月に母と私と三郎の3人で南紀・白浜に行ったのが、母の最後の旅行になりました。

２０１５年１月末、卒中を迎えてすぐ転倒し、左大腿骨の骨折、手術、入院。それ以来、急激に体力、気力が衰え、認知症も進みました。支えれば歩けるまで回復したのですが、それ以後も腰の圧迫骨折を数回繰り返し、少しずつ寝たきり状態になっていきました。

人一倍元気だった母は、自分の状態を受け入れるのが辛かったと思います。「もういい、悲しい」と言うようになりましたが、一方で「私は本当に幸せね」「ありがとう」と何度も言ってくれました。

２０１７年４月６日痰がからんで呼吸困難になり、救急車で病院に運ばれ２週間入院。誤嚥性肺炎ということで、その後はミキサー食になっても痰がひどくからみ食べられなくなっていきました。プリンや水ようかんを、ほんの一口うれしそうに食べても、痰で苦しそうになり本当に切ない思いでしたが母と二人「神様にゆだねようね」と話しました。

痰吸引、点滴をしながら様子を見て３週間弱。７月９日からは覚醒状態が悪くなり、２０１７年７月12日午前０時44分、木が枯れるように、静かに、安らかに、天に召されました。

日が経つにつれ寂しさは増しますが、愛と努力と忍耐の生き方を教えてくれた母は、いつも共にいてくれるような気がしています。

２０１７年９月20日

長女　相田友子

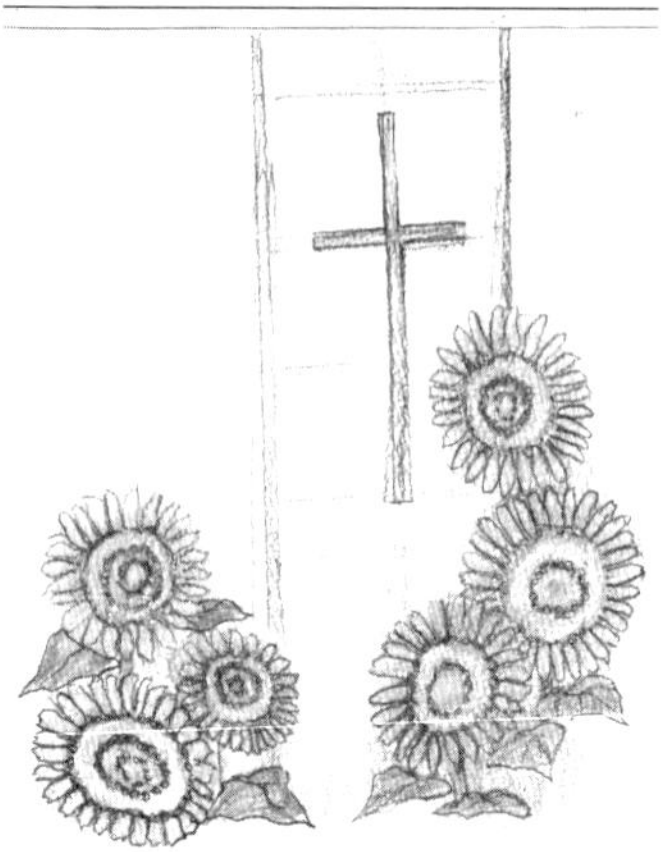

第十章

まことの人の愛を

「おふくろを偲ぶ会」の開催

おふくろの葬儀は平成二十九（二〇一七）年七月十五日に仙台北教会で行ったが、生前親しくしてくださった方がたとおふくろの思い出を共有するために、納骨式と「偲ぶ会」を開くことを決めた。以下は、納骨式と「偲ぶ会」の案内である。

奥井紀美子を偲ぶ会と納骨式のご案内

母、奥井紀美子は七月十二日に天寿をまっとうし、天国に召されました。

七月十五日に母の通っていた仙台北教会で、教会友と近親者五十人に囲まれて葬儀を営み、十字架の形の美しい花とともに茶毘にふされました。土浦の親戚、友人には、猛暑の中、仙台までおいでいただくのもためらわれ、納骨の式に来ていただくことにして葬儀の連絡はしませんでした。

夫の誠一が四十五歳で亡くなってちょうど五十年。二人は天国で再会したことになります。
母も、夫とともに乙戸の墓に骨を埋めることを望んでいました。
乙戸公苑墓地は駅から遠く、かなりわかりにくい場所にあります。
ご不便をおかけして申しわけありません。

納骨式　司式と祈りの言葉　奥井勝二
　十一月三日　十一時より　土浦市乙戸の公苑墓地
奥井紀美子を偲ぶ会
　十一月三日　十二時より　土浦市中央一丁目「霞月楼」
　　司会　喪主　奥井栄一

おふくろは土浦に嫁いで種を蒔いた。おふくろ自身も、土浦の地で大きくなっていったといえる。親父は、乙戸沼の墓地で眠っている。親父の弟や妹、そして末弟の妻である登美子さんも、おふくろのことが大好きだった。ほかにも土浦の教会の方々、高齢なので仙台へ行けなかった方々のためにも、夏を過ぎて気候が穏やかになり涼しくなる文化の日に、土浦の地で親父とおふくろの再会の納骨式を行うことにしたのである。

親父の弟である勝二さんが、おふくろの好きだった讃美歌と聖句を選び、納骨式を取り仕切りってくれた。多くの方々に参列していただき、お墓からそのまま「霞月楼」という土浦市街の由緒ある料亭に行き、おふくろを和やかに偲んでいただいた。

おふくろは、仙台北教会で受洗した。これはそのときの信仰告白だ。

おふくろが仙台北協会へ提出した信仰告白

結婚後、主人の母、奥井志つ（明治23年生まれ）の感化は私にとって非常に大きかった。常に祈っておりました。

その母に育てられた奥井誠一も熱心な信者でした。主人とともに土浦の教会に足を運ぶようになり聖書を手にして祈りのひと時を過ごしました。その中子どもが生まれ教会にも足が遠のき神様は常に私と共にいて下さるという気持ちは強く、さまざまな困難も何とかのりこえてきました。

父が戦争で最高責任者であったため、理不尽な死を遂げ、つらく悲しい思いをしたこと。主人が45歳という若さで足にできた悪性肉腫で右足切断、その甲斐もなく一年後に天に召されたこと、これも悲しく思いがけないことでした。

この時主人の残した言葉「右足を失ったが、これは神（キリスト）が私を選んで、その証人となることを望まれた」この言葉は私の信仰への途を一層深くしてくれました。

東北大学医学部図書館に勤めはじめ、その後しばらく教会とは遠ざかっておりましたが、その後、娘（相田友子）の結婚式を仙台北教会でお願いし、孫（相田真実）が、めぐみ幼稚園に入園、ＣＳに参加と北教会との交わりが深くなり、相田友子の受洗後さらに深くなり足しげく礼拝に出席しております。

振り返ってみると、私の人生の中で、常にキリスト教との関わりがあったことに、思いをあらたにしています。

82歳という長い人生を経て、神の大きな恵みと愛を感じる昨今、又、新たな気持ちで受洗して、残る人生を信仰のうちに過ごしたいと願っています。

神様は私にとって共にいて下さる方です。

私の信仰への道に大きく関わったこと、

・義母の常に祈る姿

・肉親の死を経験して、一時はどうして？　と神をうらむこともあったがそれが何かの意味を持つ神の計らいと思うようになれた。

・主人の残した言葉に信仰の力・深さを知る

２００７年10月３日

奥井紀美子

それぞれの思い

また、おふくろを偲んでいろいろな方に次のようなお願いをして、たくさんの筆を寄せていただいた。

母・奥井紀美子は、平成二十九年七月十二日、九十二歳の人生を安らかに閉じ、父・誠一の元へ旅立ちました。ここに、生前の母への温かいご親交に深く感謝します。

このノートは、仙台で一人暮らしをしていた黒松シティハウスに残してあった、書きかけのノートです。

このノートに母の思い出を書き留めようと思います。母とのエピソード、また、母を一言で表現すれば等々、母との思い出を自由にお書きいただければ幸いです。

栄一拝

・**井坂雄、たけ（土浦前川教会）**

穏やかな秋晴れの日、紀美子さまにふさわしい日に乙戸沼の墓地に埋骨出来ありし日のお姿を偲んでおります。月会の総会の時、年会の総会の時、出席できない旨を電話で必ず連絡して来られ、几帳面な方でした。

「平和をつくり出す人は幸いである（マタイ）」この聖句そのものの方でした。いつもやさしく、周りの方々を寛容に包んで下さいました。

土浦の礼拝に出席された後、三浦牧師の家で食事をし、時の経つのも忘れて話し込みました。清さんもご一緒でとても懐かしく、良い思い出です。もっともっとたくさんこのような時を持てたらよかったと悔やまれます。

「お帰りなさい」紀美子さま（乙戸沼墓地にて）

・**加瀬林成夫、けい（土浦前川教会）**

いつも優しいほほえみをたたえていらした紀美子さま、神様から豊かなお恵みがありますようにお祈りいたします。

・楠陽子（親父の弟・清の長女）

きれいで、じまんのおばさま、紀美子さん。奥井薬局で苦労している母の味方だと感じていました。

福田代義子さんと天国であったかな？

かわいがってくれて本当に有難うございました。

・楠英夫（清の長女・陽子の夫）

数回ほどしかお会いできませんでしたが、陽子が大変お世話になり有難うございました。今後も奥井薬局をお見守りください。

・中島有紀（清の二女）

紀美子おば様、色々お世話になりました。

もう二十数年前でしょうか、新婚時代の私達が仙台にドライブに行きました時、偶然にテニスをしているおば様に再会できた時の事をありありと思い出します。いつも溌溂としてお元気な御様子の姿が目に浮かびます。

私も五十二歳で主人を亡くしましたが、これからの人生、紀美子おば様を見習ってはつらつと元気に人生を楽しみます。有難うございました。また会う日まで

・内山元子（**清の三女**）
紀美子おばちゃん、テニスができて、スキーができて、たまにしかお会いできませんでしたが、大好きなおば様でした。

私も紀美子おばちゃんの様に歳を重ねてすてきなシニアになりたいです。

思い出をありがとう。

・奥井恒夫（**裁縫所**※**の孫**）
紀美子さんには色々とお世話になり有難うございました。テニスを晩年までさ

れていたこと、美しく家族愛の強い人だと感じていました。

天国で幸せに！

※裁縫所：祖母・静の母親の妹であるたみさんが開いていた裁縫所のこと。たみさんの家族を示すとき、親戚内では「裁縫所の〇〇」と表現していた。

・中村孝雄（中村万作牧師の孫）

若かりし頃の紀美子さんを想い出すとともに、多くの人たちを想い出しました。とてもなつかしいです。

・奥井富雄（源三郎の長男）

紀美子さん、誠一さんに両親ともにお世話になりました。

晩年は、母と電話で話す様になったようでした。テニスをするお姿拝見したかったです。

・奥井和之（裁縫所の澄子の長男）
紀美子さん、お話は、母の澄子から聞かされていました。天国でもお世話になっていることと思いますが、宜しくお願い申し上げます。

・奥井昌則（祖母・静の妹の息子）
いつも明るく接してくれたこと、感謝致して居ります。
誠一さん、紀美子さんには、小生の人生生活上も大変お世話になりました。
どうぞ安らかにお休みください。

・奥井繁（祖母・静の妹の息子。前述の昌則の兄）
思い出は多くあります。お墓も近いです。どうぞ宜しく。

・奥井勝二（親父・誠一の弟）
紀美子様のお陰で久しぶりの人に会えました。

・奥井泉（勝二の長男）

紀美子おば様、お世話になりました。ありがとうございました。天国でもお幸せに!!

・成田有美子（勝二の長女）

テニスをしながら孫のお世話。今の私の姿です。きっと楽しかったと思います。母のお葬式の時にハグしてくださったとき、母の優しさ感じました。有難うございます。

・栗原ふじ子（勝二の二女）

スポーツウーマンの素敵な伯母様、よく頑張られましたね。ご自分がおつらい日々の中、ご心配いただいたお優しさ、ありがとうございました。

・村田綾子（奥井家の親戚）

今日は昔のなつかしいお話が出来まして楽しく過ごせました。ありがとうございました。

「喪中のお知らせ」ならぬ「引っ越し案内」を

「おふくろを偲ぶ会」を無事に終えてやがて年末が近づき、喪中はがきを出す時期が来た。しかし常々、いただく「喪中のお知らせ」に対して、事務的で冷たいという気持ちを持っていた私には、おふくろの「喪中のお知らせ」を書く気にはなれなかった。おふくろは私の心の中で生きているし、喪中はがきを書くことで、そのおふくろを殺すような気がしたのだ。

そんなことを考えていると、秋川雅史の『千の風になって』という曲の歌詞と旋律が、頭の中をリフレインし始めた。すると、「そうだ、おふくろは親父のところへ引っ越しただけなんだ」――そんな思いを抱くようになり、喪中はがきの代わりとして、「引っ越しのご案内」を書くことにした。文面は次のとおりである。

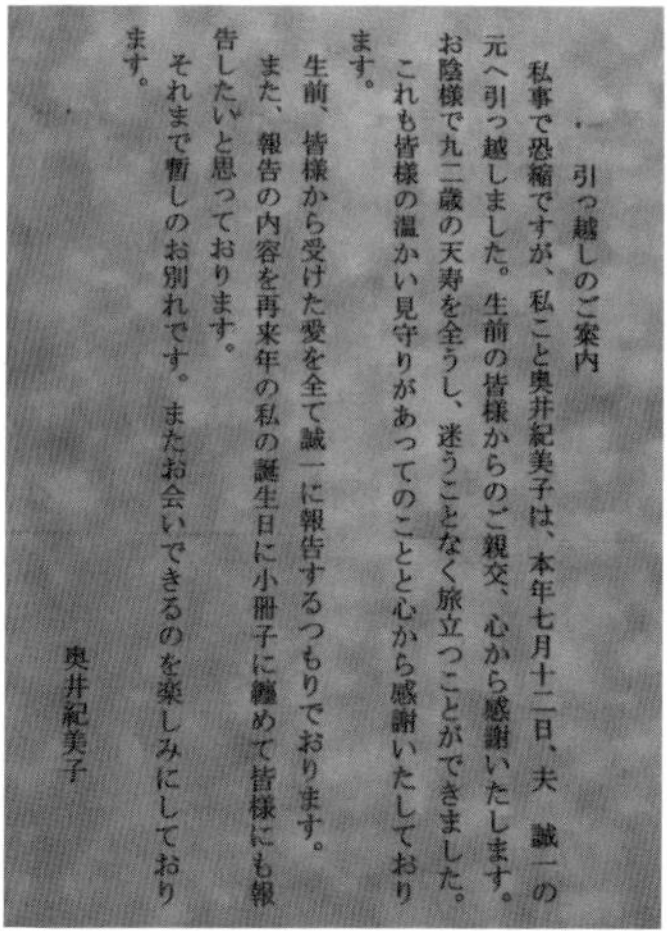

引っ越しのご案内

私事で恐縮ですが、私こと奥井紀美子は、本年七月十二日、夫　誠一の元へ引っ越しました。生前の皆様からのご親交、心から感謝いたします。

お陰様で九二歳の天寿を全うし、迷うことなく旅立つことができました。

これも皆様の温かい見守りがあってのことと心から感謝いたしております。

生前、皆様から受けた愛を全て誠一に報告するつもりでおります。

また、報告の内容を再来年の私の誕生日に小冊子に纏めて皆様にも報告したいと思っております。

それまで暫しのお別れです。またお会いできるのを楽しみにしております。

奥井紀美子

引っ越しのご案内

私事で恐縮ですが、私こと奥井紀美子は、本年七月十二日、夫　誠一の元へ引っ越しました。生前の皆様からのご親交、心から感謝いたします。

お陰様で九十二歳の天寿を全うし、迷うことなく旅立つことができました。

これも皆様の温かい見守りがあってのことと心から感謝いたしております。

生前、皆様から受けた愛を全て誠一に報告するつもりでおります。

また、報告の内容を再来年の私の誕生日に小冊子に纏めて皆様にも報告したいと思っております。

それまで暫しのお別れです。またお会いできるのを楽しみにしております。

奥井紀美子

この葉書を出したところ、思った以上に多くの方からご返信をいただいた。

・関口けい子

お引っ越しされたのですね。
数年前、仙台のメトロポリタンホテルでお会いしましたね。
数時間でしたが楽しくお話させていただきました。
久しぶりお会いした奥井さんは年を重ねても素敵なままで
私も奥井さんのようになりたいと思いました。

その後、年賀状を失礼してしまって、でもどうされているか気にはしていました。

ご主人のところにお引越しされたのですね。きっとお話しすることがたくさんあって、ご主人もうなずきながら聞かれてますね。時にはワインを飲みながら

―――

おつまみを考えたのですが、思いつかなくてごめんなさい。

心ばかりを送らせていただきました。

再来年にはまたお会いできるのですね。楽しみにしています。

主人が入院中だったため　ご連絡が遅くなってしまって失礼してしまいました。

十二月八日

・井上芳子

奥井紀美子様の引っ越しのご案内を拝受いたしました。

私は二十年程前、主人が転勤で仙台に赴任しました折、多賀様奥様に紹介していただき、お食事やテニスをご一緒させていただきました。もう何年もお会い出来ませんでしたが若々しく素敵なお姿を思い出しております。

どうぞご主人様と二人で安らかにお休みくださいとお祈り申し上げます。

いつも優しくお心遣い頂きましたこと感謝しております。　かしこ

・富取早知子

この度はお母様の訃報に接し、心よりおくやみ申し上げます。

〝りん〟としたお母様らしい終活のご様子、本当にただただ敬服申し上げます。

母が大変お世話になっただけでなく、私自身にも大きな影響・刺激・愛情をいただいた偉大な人生の先輩でした。

男前でありながら、愛情深い。

他人を思いやりながらも、ご自身の生活も楽しまれる。なかなかできないことです。

家族の皆様にはくれぐれもご自愛下さいませ。

P.S. 母（菊池裕子）は認知症にて、ごあいさつできませんことお許しくださいませ。

・大西久子

紀美子さんも誠一先生のところへ旅立たれたのですね。我が家も夫の耐正、九十五歳で肺炎のため静かに旅立ちました。（二十九年十月二十八日）

長い間のおつきあい本当に有難うございました。

・沼田正子

奥井さん、お元気でいらっしゃいますか。

先月お引っ越しのご案内をいただき、愕きと共に、ご無沙汰のお詫びでいっぱいになりました。ご案内を何度も拝見するうちに悲しさ、寂しさよりもいつものお元気な奥井さんの笑顔を思い出して、温かい想いに包まれました。

医学部図書館で初めてお会いしてから長い間本当にお世話になりました。時にはお母さんのように、時にはお姉さんのように接していただきました。仕事の他にも、山登り、スキー、テニス、楽しい思い出がいっぱいです。私が召されるまで、又お会い出来ることを楽しみにしています。お礼と感謝を込めて。

・**野村妙**

ことのほかお寒いことしの冬でございます。突然お便り申し上げます。夏にお母様がお父様のもとへ旅立たれたお知らせを拝受いたしました。何年か前のことになりますが奥井先生が入院なさっておられた時、東北大学に勤めておりました夫の野村幸雄と病院にお伺いしました時、一度お母様にお目にかかりました。それ以来、年に一度のお年賀状でしたが、りっぱなお母様を尊敬申し上げておりました。

私の記憶に間違いなければ妹様が仙台で一女高を卒業なさったのでは。私も一女の卒業生でしたのでなつかしさを覚えておりました。夫から奥井先生の息子さんが社会人になられてすぐ飛行機に乗る勉強をなさったということをきいて、すてきなことやなあと思ったことを思い出しました。こんなどうでもいい様なお便りをお出していいものかどうか送りましたが。お許しくださいね。どうかこの生きにくいご時世ですから健康に気をつけられてお父様の分も生きてくださいね。

かしこ

・木村博

秋も深まり今年も残り少なくなって来ました。この度はご丁寧なごあいさつ状を頂き有難うございました。

ごぼう同様のご冥福を心からお祈り申し上げます。

お目にかかることのないままに過ぎ去ってしまいました日々ですが、何か心に穴が開いたような気が致します。

ご母堂様の遺作をお送りいただくとの事、心待ちに致しております。

小生も八十五歳を迎えまして、健康に過ごすことに精進しております。

末筆ではございますが、季節の変わり目です、くれぐれも御身ご自愛の程お祈りいたします。　敬具

平凡なようで、普通でない人生

おふくろは、永遠に俺の傍に居てくれて、死なないものと思っていた。しかし、やはり普通の人間だった。九十歳を過ぎると足元が危うくなり、好奇心も萎えていった。妹の友子が、祖母の経験からおふくろには転倒、大腿部骨折、寝たきりという老人のお決まりのコースを辿らせないと心に誓っていて、細心の注意を払っていたにもかかわらず、結局お決まりのコースを辿ったことが悔しくて悔しくて、心から後悔していた。

私は妹を慰めた。どんなに細心の注意をしても体力が衰え、足元が怪しくなる。二十四時間付き切りで居るのは不可能だし、妹がその努力をしていただけ

で、私は褒めてやりたいと思う、と。

振り返ると、おふくろの人生は普通ではなかった。海軍軍人の父と高貴な雰囲気のある母との間に生まれ、なに不自由なく育ったおふくろ。しかし太平洋戦争という歴史と戦い、苦労を重ねたが、その歴史の大きな波のなかで誠一とめぐり逢い、最高の伴侶を得ることになる。

そして旧家の嫁として土浦に嫁いだおふくろは、奥井家の古い慣習と融和して馴染み、家族や奥井薬局の手伝いをしてくださっていた方たち、土浦教会の人たち、近隣の人たちと絆をつくり、一つの区切りがついたところで、核家族として東京に移り住んだ。東京といっても、大都会という風景ではなく、「練馬大根の産地」であり、絵本の『山の上の小さな家』を連想させる自然が残る練馬区小竹町である。環状七号線ができたころで、住宅の建設が進み、畑がどんどんなくなり、狭い道がきれいに舗装されていったころであった。

自然が消え、東京じゅうが高度成長に沸くなかで、息苦しさを感じたころに、親父の仕事の都合で仙台に転居することになったおふくろ。東北の地方都市の文化と慣れ親しむことに悪戦苦闘するも、核家族として幸せの絶頂期に、夫を悪性肉腫で失うことになる。父なき家族となった子どもたちに不自由をかけまいと一心に働き、その甲斐あって、やがて子どもたちは自立。夫を失った傷も癒え、ようやく自分を楽しむことに目を向けることができるようになる。

「運動神経のよさ」、「好奇心の強さ」という自分の特長を最大限に引き出しながら、第二の人生を歩みだすと、テニスの仲間たちやスキーの仲間たちなどの新しい仲間に囲まれ、海外旅行という楽しみを得た。そして子どもの結婚、孫の誕生——おふくろは、孫を心から愛してくれた。孫たちからは「コンピューターおばあちゃん」と親しまれ、その孫もやがて結婚し、可愛い曽孫を得る。

おふくろは、晩年一人暮らしをしていた黒松シティハウスの部屋の各所に、可愛い猫の写真が貼ってあり、それらの写真と並んで居間の食卓の上には、粉ミルクの新聞の広告を切り抜いて貼っていた。可愛い赤ちゃんの写真である。年月が経って、だんだん色が褪せてきていた。おふくろは、曽孫に会えるのを楽しみにしていたのだろうか。曽孫誕生のニュースがなかなか来ず、介護を受ける頻度も増え、意識がはっきりしている時間が少なくなってきたころ、ついに曽孫誕生の朗報が届いた。

それからは、大きく拡大した曽孫の写真を壁に飾った。おふくろが横になって寝ていても見えるようにである。子ども好きのおふくろは、曽孫の写真を眺めては、このうえない笑顔を浮かべていた。その笑顔は、いまでも忘れられない。

おふくろは、いつまでも心の中に

「主人と二人でよく歌い、よく祈ったのよ」と、思いを込めた讃美歌が四百五十二番である。

1
真実に清く生きたい、
誠実な友のために。
恐れず強くありたい、

なすべきわざのために。

2

まことの友となりたい、
友なき人の友と、
与えて報い求めぬ
まことの愛の人と。

3

謙虚に進みゆきたい、
弱さを自覚しつつ。
ゆく手はなお遠くても
心を高くあげよう。

我が家の日曜日の朝の家庭礼拝でよく歌われた。私も幼稚園のころから、歌詞の意味もわからずに口ずさんだものだ。今改めてこの歌詞をかみしめて理解しようとすると、土浦前川教会の中村牧師に編纂していただいた、親父を偲ぶ寄稿集『いのち』に書かれていた、次の一文を思い出す。

「宗教は道徳のバックボーンでありますから、これが個性に浸透しなければ、その人の道義性の維持昂揚は困難であります。道義に強い人は何かの時に力になり、頼りになる人になります。」

毎週の日曜日のささやかな家庭での礼拝が、私たちの道しるべとなり、親父亡き後も、灯台の灯りを目指すように迷いなく、強くて優しいおふくろを培ってくれたのだと思える。

「人生は一度しかないからね。好きなことをやった方がいいよ」と、私に優しく言ってくれたおふくろ。若くして結婚し、戦争であれやこれやを体験したおふくろの「一度しかないからね」という言葉は、とても説得力のあるものに感じられた。果たして俺の人生をどこまで称賛してくれるかは、今となっては解らない。

しかしせめて、「よく頑張ったわね」と言われる人生を送りたいと思う。

おわりに

太平洋戦争が終結して七十余年が過ぎました。今、私たちは戦争のない国に生き、平和と繁栄を享受していますが、この平和と豊かさの陰には幾多の尊い犠牲と苦難の歴史があったことを決して忘れてはなりません。

しかしながら、時の流れは悲惨な戦争の記憶を風化させ、平和の尊ささえも忘れさせようとします。

この平和で豊かな今日においてこそ、戦争の悲惨さと平和の尊さをおふくろの人生を通じて、若い世代へ伝えることの大切さを感じました。

天からのおふくろのまなざしを感じながら、余生を充実したものにしたいと思う。

私はおふくろと六十九年の時を一緒に過ごした。幼いころよく熱を出す私を寝ずに看病してくれたおふくろ。幼稚園、小学校、中学校と教育熱心だった母。高校時代は母離れをして、おふくろの気持ちなどひとかけらも思わなかった。ごく普通の家庭だった。

そんな幸せな家庭に、突然降りかかった不幸――親父の「悪性肉腫」。親父は当時四十三歳、そんな年齢で若者に多発するというがんを患ったのである。医師によると、そのがんは教科書のように進行し、発見から一年という短さでこの世を去った。親父四十五歳、おふくろが四十三歳の時のことである。

それから五十年、おふくろの未亡人としての人生がスタートした。私はまだ高校三年生で、妹は中学三年生のころであった。親父をこよなく愛したおふくろは、突然の夫の死を、どんな気持ちで受け入れたのであろうか。その後、辛いこともたくさんあっただろうし、苦しいことも山のようにあっただろう。そんなことはおくびにも出さず、明るく生きたおふくろ。しかしノー天気な私は、そんなおふくろの苦労を一つも顧みなかった。

おふくろには、普通は並立できない二つのキャラクターが同居していたと思う。一つは、子どもの前で、エルビス・プレスリーのライブビデオを見て、「しびれる！」と真顔で言うような、若い娘時代そのままのような、少女のような愛くるしいキャラクターだ。若いころに宝塚歌劇団にはまり、慶應大学のバスケットボールの選手に熱を上げたと漏れ聞いている。おてんばとでもいうべきか、体を動かすのが好きで、「今度生まれ変わる時には、体操の先生になるんだ」とも言っていた。運動会の徒競走の練習をしていると、「いい、つま先立ちで走るんだよ。太腿を高く上げて」とアドバイスをくれたことを思い出す。

しかしそれはおふくろの一面にすぎず、記憶に強く残っているのは、家計簿を毎日つけ、壁のカレンダーが少しでも傾いていると気が付くと水平に直ぐ直す、几帳面でしっかりしたおふくろの姿である。しかし、こんなこともあった。ある日、台所で悲鳴が聞こえた。その後、おふくろが指を押さえて台所から出てきた。見ると、指から心臓の鼓動に合わせて血が出ている。それを見ながら、おふくろは失神してしまった。

おふくろにはどこか愛嬌がある。真剣にやればやるほど滑稽である。世に言う

「天然ボケ」か。「いじめられやすい性格」といえるのかもしれない。会話していて「まつたけ」を「しいたけ」と言い間違え、皆の嘲笑を浴びるというようなことは日常茶飯事。おふくろがいるだけで、場が和やかになった。

おふくろのいない現実は寂しく、悲しいことだけれど、今や人生百年時代。余生は三十年おふくろと共に意義ある人生を歩んでいきたいと思う。

おふくろに、「生んでくれてありがとう!」と心から言って、この本を閉じたい。

平成三十一(二〇一九)年四月吉日　奥井栄一

自分の人生を
懸命に楽しんだ
おふくろに
乾盃！

奥井家の歴史

1925年（大正14年）	1月3日、母・紀美子が生まれる。
1944年（昭和19年）	第一海軍療品廠に勤務。
1944年（昭和19年）	父・誠一が東大薬学部薬学科を卒業。
1945年（昭和20年）	誠一が海軍薬剤中尉第一海軍療品廠に勤務。 12月17日、誠一と紀美子が結婚。
1948年（昭和23年）	7月13日、長男・栄一が生まれる。
1952年（昭和27年）	2月9日、長女・友子が生まれる。
1954年（昭和29年）	江古田（練馬区小竹町）へ転居。
1958年（昭和33年）	誠一がアメリカ・イリノイ州立大学食品化学研究室に留学。
1959年（昭和34年）	誠一が東北大学医学部薬学科衛生化学教室教授に就任。 一家で仙台・原町に転居。
1961年（昭和36年）	4月、旭が丘へ転居。
1966年（昭和41年）	3月、誠一が右脚上部にザルコーマを発見し、右脚切断手術を受ける。 8月、病根肺に転移。
1967年（昭和42年）	3月18日、誠一が逝去。
1968年（昭和43年）	紀美子が東北大学医学部付属図書館に就職。
1980年（昭和55年）	初孫・睦が生まれる。
1987年（昭和62年）	紀美子が東北大学医学部付属図書館を退職。
2007年（平成19年）	10月7日、紀美子が仙台北教会・小西望牧師の司祭で受洗。
2013年（平成25年）	紀美子が米寿のお祝いとして紀州に旅行。 その後、そんぽの家に転居。
2017年（平成29年）	7月11日、紀美子が逝去。

著者紹介

奥井栄一（おくい えいいち）

1948 年 7 月 13 日、茨城県土浦市出身。東北大学医学部薬学科を卒業、修士課程の途中で日本航空操縦士訓練課程に移籍、パイロットを目指すが道を絶たれる。失意の状態時、特攻隊経験のある、エーザイの内藤裕二社長に拾われ以降サラリーマン生活を送り、63 歳で卒業。現在は「宇宙誕生の謎」に取り憑かれ、充実した人生 100 年時代の実現に奮闘中。

おふくろの品格《ひんかく》

大切《たいせつ》なのは謙虚《けんきょ》さであり、誠実《せいじつ》さであり、真摯《しんし》であること

2019年4月30日　第1刷発行

著　者　　奥井栄一
発行人　　久保田貴幸

発行元　　株式会社 幻冬舎メディアコンサルティング
〒151-0051　東京都渋谷区千駄ヶ谷4-9-7
電話　03-5411-6440（編集）

発売元　　株式会社 幻冬舎
〒151-0051　東京都渋谷区千駄ヶ谷4-9-7
電話　03-5411-6222（営業）

印刷・製本　シナジーコミュニケーションズ株式会社
装　丁　　荻島安澄

検印廃止

ISBN 978-4-344-91910-5 C0095
幻冬舎メディアコンサルティングHP
http://www.gentosha-mc.com/